ATÉ QUE A MORTE OS SEPARE

NERO BLANC

ATÉ QUE A MORTE OS SEPARE

Tradução: Ieda Moriya

Título original: A CROSSWORD CONNECTION
Copyright © Nero Blanc
Copyright da tradução © 2005 by Ediouro Publicações Ltda.

Capa e projeto gráfico: M&N PRODUÇÕES EDITORIAIS

Ilustração: MURILO MARTINS

Coordenação editorial, edição, preparação e revisão:
TEMAS E VARIAÇÕES EDITORIAIS

CIP-BRASIL. CATALOGAÇÃO-NA-FONTE
SINDICATO NACIONAL DOS EDITORES DE LIVROS, RJ.

B571a

Blanc, Nero
    Até que a morte os separe / Nero Blanc; tradução de Ieda Moriya.
— Rio de Janeiro : Ediouro, 2005

    Tradução de: A crossword connection
    ISBN 85-00-01583-7

    1. Romance americano. I. Moriya, Ieda. II. Título.

05-0101.   CDD 813
     CDU 821.111(73)-3

05 06 07 08 09   7 6 5 4 3 2 1

Todos os direitos reservados à Ediouro Publicações Ltda.

Rua Nova Jerusalém, 345 — Bonsucesso — Rio de Janeiro — RJ — CEP 21042-230
Tel. (0XX21) 3882.8200 — Fax (0XX21) 3882.8212/8313

Internet: www.ediouro.com.br

Para Natalie Rosenstein
com muito carinho e gratidão

Os mortos não mordem.
Gnaeus Pompeius

CAPÍTULO

1

—Nada ainda? – O homem mais velho não tirava os olhos do jornal; àquela altura, nem sequer espiava por sobre os óculos de leitura que comprara numa drogaria. Já estava ficando tarde, e começava a acreditar que aquela noite seria um fracasso total.

— Está muito escuro. Posso acender os faróis só por um instante? Quero dizer... caso contrário, como vão saber que a gente está aqui esperando por eles?

— Se acender os faróis, esmago seu cérebro nesse painel. Não quero que saibam que estamos de carro. Se descobrirem que temos dinheiro, estamos encrencados. Vão querer negociar. – Ele atirou o caderno de lazer do *Evening Crier* no banco traseiro do Cadillac, desligou a lanterna de bolso e jogou a caneta e os óculos no porta-luvas. – Alguém tem de matar a infeliz... Estarão fazendo um grande favor a Newcastle.

— Do que é que está falando?

— Como assim, do que estou falando?

— Não disse que a gente vinha aqui matar alguém. Disse que era para...

O homem mais velho suspirou irritado.

— Por que você nunca presta atenção às coisas? O que acha que estamos fazendo aqui há duas horas, além de esperar pelos caras?

O homem mais jovem fez uma pausa e fitou o beco escuro. Depois, olhou para o rosto fracamente iluminado do parceiro e, por fim, se virou para o banco traseiro do automóvel.

— As palavras cruzadas... — murmurara, como se temesse dar a resposta errada.

— Isso mesmo! E quem é a grande dama das palavras cruzadas do *Crier*?

Em vez de replicar, o homem mais jovem apertou as mãos no volante.

— Burro! — xingou o parceiro. — Belle Graham.

— É ela que vamos apagar?

O homem mais velho mexeu-se zangado no banco, os joelhos ossudos raspando o porta-luvas.

— Dê um tempo...

— Mas acabou de dizer que...

— Foi só uma maneira de falar. É que as palavras cruzadas ficam mais difíceis conforme avança a semana. As da quarta-feira são mais difíceis do que as da terça, e assim por diante. Lá pela sexta e pelo sábado, você tem de ser um Einstein. Eu nem compro o jornal nesses dias.

— Então, como sabe o que os Red Sox estão fazendo?

O homem mais velho quase explodiu.

— Eu tenho televisão.

O parceiro ficou em silêncio por um longo momento. À iluminação escassa, seu rosto expressava preocupação.

— Quer ajuda? É isso que está dizendo?

— Não me faça rir... É preciso ser gênio... Quero dizer, quem sabe qual é a capital do Oregon, hein?

— Salem — foi a resposta discreta.

O homem mais velho cravou o olhar no mais jovem; em seguida, esticou o braço para o jornal descartado.

— Tem certeza?

— Aprendemos todas as capitais na sétima série. A professora, sra. Northrop, nos obrigou.

— Pois é justamente disso que estou falando. Temos uma Salem aqui mesmo, em Massachusetts. Por que essa mulher tem de fazer referência a um Estado do qual ninguém nunca ouviu falar?

O homem mais jovem pediu silêncio com a mão direita.

— O que é aquilo?

— O quê?

— Ali. — Apontou através do pára-brisa para uma figura obscura que se aproximava.

Ambos abaixaram-se até que somente seus olhos e o topo da cabeça fossem visíveis.

— Parece um mendigo, pelas roupas — sussurrou o mais velho.

— É, mas tem alguma coisa dentro do casaco. Está vendo? Na mão direita? O que será? Acha que é o pacote?

Os homens observaram em silêncio, enquanto o visitante inesperado continuava andando pelo beco.

— Deviam ser dois... irmãos ou algo assim... não mendigos. Eles têm muita grana...

— E se esse cara roubou o pacote deles... ou talvez seja o mensageiro?

— Não, os caras são profissionais. É por isso que gostam de

lidar com profissionais, como você e eu. Acha que iam deixar um *vagabundo* levar a melhor e ficar com o pacote? Nem em sonho!
— Só acho que devíamos ver o que o sujeito tem dentro do casaco; é isso que estou dizendo...
— Uma boa garrafa de pinga, provavelmente. Que horas são? O homem mais jovem consultou o relógio de pulso.
— Duas e trinta e três.
— O que o infeliz está fazendo agora?
— Entrou no beco Adams. Vamos atrás dele?
O homem mais velho hesitou.
— Não sei, deixe-me pensar... Onde dá esse beco? É sem saída?
— Não, dá na Rua 7.

Os homens ficaram em silêncio por mais alguns minutos, enquanto o mais velho elaborava um plano. Finalmente, tirou do porta-luvas uma pistola automática calibre 22 e a pousou no colo.
— Pois bem, eis o que vamos fazer. Você vai atrás do cara e descobre o que ele está carregando. Se for o pacote, tome-o dele. Eu fico no carro, para o caso de termos de dar o fora daqui.
— Quer que eu entre naquele beco sozinho?
— Não tem nada lá, além do vagabundo. Tem medo do quê?
— De nada. Só não quero que o sujeito me pegue...
— Se ele pegar você, acabe com ele. O que é um mendigo morto? Ninguém vai sentir falta dele; isso, eu garanto.

O raciocínio pareceu fazer sentido a ambos. O homem mais jovem saiu de trás do volante e seguiu por uma rua até a entrada do beco Adams. Olhou para trás uma vez antes de desaparecer na escuridão. No carro, o parceiro verificou se a pistola estava carregada. Então, destravou a segurança e pousou a arma no painel.

O tempo parecia se arrastar, mas na realidade haviam se passado apenas trinta segundos antes que, de repente, um par de faróis se acendesse lá no fundo do beco Adams. O homem mais jovem sentiu os olhos se ofuscarem, ao mesmo tempo que um som agudo de pneus arrancando cortava o ar. Quando o veículo avançou para cima dele, voltou-se correndo para o Cadillac, dentro do qual o parceiro mergulhava ao chão.

Mais trinta segundos, e o veículo misterioso passava por eles, desaparecendo na noite.

— Você viu aquilo?! – exclamou o homem mais jovem, quando o amigo reapareceu. — O filho da mãe jogou o carro em cima de mim! Escapei por dois centímetros... se tanto.

O homem mais velho prendeu a pistola no cinto e saiu do automóvel. Olhou em torno para saber se o tumulto chamara a atenção, mas o cenário estava tão escuro e silencioso quanto antes.

— Quantos estavam no carro?

— Ah, os faróis me cegaram... Dois, acho... Droga, não sei...

— Que marca?

— Ford, Chevy... não deu para ver.

— Mas de que cor era?

— Não vi. Bege, talvez. E os faróis ficavam a certa altura, como de caminhonete. Mas...

— Deviam ser os dois irmãos que estávamos esperando. São do tipo que dirige esses carros... pra mim chega. — Ele sacou a pistola e rumou ao beco Adams.

— Aonde vai?

— Vou ver que diabos aquele mendigo estava carregando. Cansei de brincadeiras.

CAPÍTULO

2

— Que sujeira...

Al Lever acendeu um cigarro e esperou o fósforo apagar. Então, guardou o palito no bolso do paletó. Só lhe faltava prejudicar um de seus próprios cenários de crime. Avaliou novamente a forma ensangüentada e inerte a seus pés, meneando a cabeça.

— Já descobriram quem era?

A pergunta dirigia-se ao patrulheiro Wallace, policial uniformizado que encontrara o cadáver.

— Por enquanto, não, tenente. Mas, pela aparência, deve ser da Missão Santa Augustina, do padre Tom. Fica lá perto da Rua do Congresso e da Water. É claro que ganhou essa roupa cheia de traças.

— Tinha dinheiro?

— Nenhum. Pode ter sido assaltado... se bem que ele não parecia estar nadando em dinheiro. Não fazia a barba há umas duas semanas.

— Perguntou por aí? Alguém viu alguma coisa?

Wallace consultou o relógio de pulso. Deu de ombros.

— São cinco horas da manhã, tenente. Não vamos encontrar ninguém acordado nos quarteirões próximos daqui, e não há como sabermos quem foi o último a entrar neste beco... além da nossa vítima, claro. Ninguém anda por aqui depois que a noite cai. Eu mesmo passo só uma vez por noite, e em três anos nunca topei com ninguém. — Olhou para o morto. — E, assim que a notícia sair no *Evening Crier*, aposto como os cidadãos de Newcastle vão passar pelo menos mais três anos sem pôr o pé neste beco.

— E Jones? — indagou Lever, referindo-se ao legista-chefe do Departamento de Polícia de Newcastle.

— Chegou há pouco menos de uma hora. Deu uma olhada e foi tomar café. Disse que voltava logo.

Lever deu uma longa tragada no cigarro e tossiu ao expelir a fumaça. A barriga, cada vez maior, deslocou-se com o movimento, sob a camisa amarela engomada a refletir a luz verde-clara da chegada da aurora. Na cidade costeira de Massachusetts, as manhãs de início de maio eram frias.

Jones chegou com três copos de café. O vapor escapava das tampas plásticas.

— Achei que já estaria aqui — comentou, passando um copo a Lever e outro a Wallace, que agradeceu discretamente. O tenente assentiu e tossiu. — Sabe que males causa o cigarro, não, Al?

Entre uma tosse e outra, Lever replicou:

— Não, não sei, Abe. Pode me esclarecer?

— Claro. Cigarro dá câncer, para começar.

— Ora, dr. Jones, muitíssimo obrigado pelo aviso. Se bem que não precisava um legista me dizer. Está escrito no próprio maço.

— Nesse caso, devia aprender a ler, Al.

— Você não tem preço, Abe. É bonito *e* inteligente. O Departamento de Polícia de Newcastle é mesmo abençoado.

Jones riu.

— Exercícios, Al. É só o que precisa fazer para ter um físico como o meu!

— Está bem.

Os três homens beberam o café. À luz fria e difusa, os dentes brancos do médico brilhavam. Lever tinha razão: Abe Jones era, sem dúvida, o funcionário mais bem-apessoado do departamento de polícia, como muitas moradoras de Newcastle podiam atestar. Um metro e oitenta e dois de altura, muito parecido com Harry Belafonte na juventude, Abe adorava atormentar o chefe. Soltou um bocejo exagerado.

— Rapaz... quer saber? Não dormi nada esta noite.

— Não, não quero saber, Abe.

— É que algumas mulheres não sabem a hora de parar, se é que me entende... Já esteve com uma dessas, Al?

Lever tossiu novamente.

— Poupe-nos, por favor. Para sua informação, também não dormi nada esta noite. — A tosse piorou. — Maldita alergia... Não me deixa dormir!

— É primavera, Al. Há pássaros, abelhas e pólen por todo lado.

O tenente riu. Então, fitou outra vez o cadáver no beco.

— Não gosto nada disto, Abe.

— Não devia mesmo gostar. Um homem morreu. Por que ia gostar disso?

— Quero dizer... olhe só o infeliz. O que é que ele tinha? E terminar desse jeito? Um desperdício de vida, na minha opinião.

— Bom, não sabemos... Para começar, ainda não conseguimos identificá-lo. Pode até ter sido médico ou juiz. Não seria a primeira pessoa formada a decair. As coisas escapam ao controle, e entra-se numa longa espiral descendente...

Lever suspirou, venceu os dez metros até o ponto em que o beco Adams se encontrava com a Rua 7, apagou o cigarro na parede e guardou a bituca no bolso. Um ônibus madrugador seguia para leste. Retornou para junto do morto.

— Pois bem, Abe, o que descobriu nos exames preliminares?

— Parece que o assassino foi curto e grosso. — Jones apontou para um saco plástico contendo uma pedra retangular de granito. — Está vendo este paralelepípedo? Tem vestígios de sangue e cabelos. Presumo que seja a arma do crime. Alguém golpeou o crânio da vítima... só uma vez, pelo que pude ver. Falta procurar impressões digitais, na pedra e naquela garrafa de bebida. Nos tocos de cigarro, pode haver amostras de DNA. Fora isso, não vejo nada de anormal, nada que não pertença a um beco. Bem, há aquelas marcas de pneus, perto da Rua 8. — Apontou na direção. — Vou dar uma olhada, mas não creio que haja relação com o crime.

Lever suspirou e não disse nada. Mantinha as mãos nos bolsos.

— Ei, Al, isso acontece o tempo todo... em todo o país. Esses mendigos bebem demais, brigam por causa de uma garrafa, e um acaba matando o outro. Não demora muito, quem fez isso vai entrar na sua sala e confessar tudo, na esperança de conseguir uma cela quente para o resto da vida.

— Sim, mas, se sua teoria estiver correta, onde estão os sinais de luta? Não vejo nenhum. Tem a cama do sujeito, uma forração de jornais. Com a cabeça apoiada no caderno de lazer, parte para a terra dos sonhos. Gente que briga por conta de uma garrafa não morre dormindo tranqüilamente. Não se vê um caco de vidro por aqui...

— Não se pode chamar de morte pacífica um trauma causado por golpe dado com uma pedra de mais de três quilos, Al. Além disso, descobrir o motivo cabe ao seu pessoal. Talvez a vítima tenha roubado a garrafa de bebida, e o dono tenha vindo atrás. Vendo a garrafa vazia, como está, vingou-se do ladrão enquanto ele dormia. Essas pessoas costumam ter pavio curto, principalmente quando se trata de algo importante.

Lever raciocinava. Voltou-se para Wallace.

— Algo de valor no corpo?

— Não à primeira vista, senhor. Talvez o legista descubra algo mais durante a autópsia.

Lever tomou mais um gole de café.

— Tem alguma coisa errada aqui.

Abe Jones sorriu de forma camarada.

— Precisa de um dia de descanso, Al. É isso.

— O infeliz dormia em cima da tira cômica *Peanuts*, pelo amor de Deus. Sabe, Charlie Brown, Snoopy...

— Por falar em Snoopy, Wallace encontrou comida de cachorro nos bolsos da vítima.

— O quê?

Foi o patrulheiro quem esclareceu:

— Isso mesmo, senhor. Três latinhas, do tipo com tampa abre-fácil. Junto do corpo, havia uma quarta lata aberta, com garfo de plástico.

Lever soltou outro suspiro fatigado.

Jones tocou-lhe o ombro.

— Um morador de rua que bebia demais, Al. Que mais pode ser? E passou a consumir comida de cachorro. Dizem que comida de gato tem gosto de atum. Já comida de cachorro... não sei. Espero nunca ter de experimentar.

— Pobre coitado.

O patrulheiro Wallace interrompeu-os:

— Carlyle chegou com o furgão do IML, tenente. Parece que querem entrar no beco de ré.

Com um olhar, Lever indagou ao legista-chefe se estava tudo bem.

— Claro, pode vir — declarou Abe. — Mas que fiquem a uma distância de cinco metros, até terminarmos os procedimentos.

Calado, Lever observou o furgão cinza-escuro do IML de Newcastle adentrar o beco. O sinal sonoro constante da marcha a ré cortava o frio ar matinal, ricocheteando entre os prédios industriais vazios, as saídas de emergência, as janelas quebradas e enferrujadas. Até que o veículo parou, e o barulho cessou.

Carlyle, o médico-legista, saltou do lado do passageiro já calçando luvas de látex cirúrgicas.

— O que temos?

Lever informou:

— Um infeliz sem identidade. Veja o que consegue apurar. Preciso da hora da morte. Não que vá adiantar muita coisa...

— As palavras perderam-se.

Carlyle olhou para Jones.

— Opa, o tenente está deprimido de novo?

— É que ele não gostou de ver o Charlie Brown manchado de sangue. Acabou se lembrando de que também é mortal.

Com um leve sorriso, Carlyle abaixou-se para examinar o cadáver.

— Eu diria que este sujeito está morto há duas ou três horas. Talvez um pouco mais, a julgar pelo sangue coagulado. Se bem que jornal costuma absorver sangue mais rapidamente do que tecido. A hora exata da morte só na autópsia. Ele não sofreu, se isso o faz se sentir melhor, Al. Foi um ataque rápido e, sem dúvida, premeditado. Alguém não gostava dele. Se estava envolvido com o crime organizado, pode ter sido um acerto de contas.

Lever e Jones observaram Carlyle concluir os exames preliminares. O médico-legista fazia anotações em um formulário preso numa prancheta de aço inox. Terminado o serviço, o motorista aproximou-se com uma capa plástica preta. Ele e Carlyle colocaram a vítima dentro dessa capa, fecharam o zíper, estenderam-na em uma maca e a empurraram até o furgão. Carlyle fechou as portas do veículo e voltou-se para Lever.

— Vou ver se consigo a informação até meio-dia, Al. Este beco me dá calafrios... sempre deu.

— É só um beco.

Carlyle o encarou.

— Eu é que não passaria por aqui à noite.

Depois que o furgão se foi, Lever e Jones deram mais uma olhada nos jornais sujos. O sangue parecia pegajoso nos lugares em que estivera o corpo; nos outros, estava seco.

— Sabia que alguma coisa dava calafrios em Carlyle? — considerou Lever, um tanto retoricamente. — Pingüins têm mais calafrios do que ele.

Jones riu.

— Ele é mesmo esquisito. Hummm... isto aqui é interessante!

— O quê?

— Veja os jornais. O mendigo dormia sobre as folhas de um periódico local, o *Evening Crier*. Mas apoiava a cabeça num *Boston Sentinel*.

— Ele devia pegar os jornais daquela lata de lixo reciclado ali. — Lever referia-se a um carrinho de lixo de plástico lotado de jornais e revistas descartados em meio a inúmeras garrafas e latas vazias. O cheiro de lixo era forte, e uma leve movimentação indicava a presença furtiva de ratos. — Ou talvez preferisse as tiras cômicas do *Sentinel*. As do *Crier* são péssimas: não têm o *Peanuts*.

— Vou ver se há digitais no contêiner.

Lever fitava os jornais encharcados de sangue.

— Faça isso. Mas não coloque estes no carrinho de lixo outra vez, Abe. A vizinhança pode não gostar.

CAPÍTULO

3

—A palavra começa com *C* – observou Belle, gentil. – Não com *K*. – Apontou para o caderno no qual a outra mulher trabalhava, recheado de trechos de poesias, inícios de histórias, frases ouvidas e anotadas às pressas, além de garatujas nas laterais a refletir um talento artístico oculto.

– Como em irmã Catherine?

– Exatamente, Rayanne! Como em irmã Catherine! – Belle deu um rápido abraço afetuoso na aluna. – Coragem – concluiu. – C-O-R-A-G-E-M. A palavra tem *coração* em seu âmago. Há dois mil anos, onde hoje é a Itália, *cor* significava coração.

Rayanne fitava o caderno.

– Como é que sabe essas coisas? É por isso que trabalha no jornal?

Belle ficou pensando na resposta. Tanto ela quanto Rayanne tinham trinta e poucos anos: duas mulheres saudáveis, de altura mediana e corpo esbelto, a diferença entre as duas ficava por conta dos cabelos; os de Rayanne eram castanhos, enquanto os de Belle eram loiros. Tecnicamente, tiveram as mesmas oportunidades de formação e escolha profissional, mas era evidente que somente Belle Graham aprendera que o importante era a educação, e que a ela fora ensinado o valor da auto-estima e do orgulho.

— Sei de curiosidades sobre as línguas, Rayanne, porque o assunto me fascina e me dedico a ele. Assim como você se dedica à poesia e às histórias que já começou a escrever.

O semblante da aluna obscureceu-se em seu velho hábito de frustração e ansiedade.

— Mas não sei escrever direito...

Os olhos cinza de Belle cintilaram.

— Vou lhe contar um segredo, Ray. Escrever não é tão importante quanto as emoções que você intui e experimenta... Todos os pensamentos que exprime nesse caderno.

— Mas nunca vou arranjar emprego se não escrever direito. Foi o que irmã Catherine disse.

— E ela está certa. É por isso que estamos aqui, estudando.

— Vai me fazer elaborar palavras cruzadas como aquelas que publica no jornal? — desdenhou a aluna.

Belle replicou descontraída:

— Não vou obrigar você a fazer nada que não queira, Ray. Até porque, numa briga, você me venceria sem mover um dedo. Para mim, exercício é pegar o dicionário.

— Mente e muque, você e eu.

Belle sorriu.

— Viu o que acaba de fazer, Ray? Duas palavras com sons semelhantes.

— Caverna e taverna... bandidagem, sacanagem...

Belle hesitou. As lutas e a história de vida de suas alunas revelavam-se das maneiras mais inesperadas.

— De fato, essas palavras rimam, Ray. Você as colocou no seu novo poema? Acomodadas lado a lado em carteiras escolares já não mais usadas, as duas voltaram a se concentrar no caderno de Rayanne.

Como voluntária no Abrigo Santa Margarete, a divisão para mulheres da Missão Santa Augustina do padre Tom, Belle logo descobrira que suas aulas de literatura rendiam mais quando usava palavras mais familiares às alunas. Incentivadas a redigir uma autobiografia ou textos de ficção, aquelas moças apossavam-se das letras no papel. E posse, sabia Belle por experiência, era poder.

— Qual era mesmo a palavra italiana para *coração*, Belle?

— *Cor*. É latim. Era a língua da Itália na época. Assim como você e eu falamos inglês, ou outras pessoas por aqui falam português, espanhol ou grego. Então, *cor* evoluiu para *cuer*, uma antiga palavra francesa, que se transformou no *coeur* de hoje. Mas, mesmo antes de *cor*, havia o grego antigo *kardia*, que está na raiz da palavra *cardíaco*...

O lápis de Rayanne voou no ar.

— Acho que vou ter um ataque cardíaco!

Belle ficou exultante.

— Isso mesmo!

Foi quando a diretora do estabelecimento, irmã Catherine, entrou na sala. Aos sessenta e poucos anos, era uma pessoa de energia e dedicação incansáveis, que se criara em uma reserva dos índios Navajo, no Arizona, fora educada por freiras e depois também fizera os votos, dedicando a vida a ensinar aos mais pobres; antes de se mudar para Newcastle e recomeçar do zero no albergue que ela e irmã Zoe ajudaram a fundar.

— Esta cidade! — exclamou a religiosa, sentando-se pesadamente numa cadeira perto das duas, em demonstração incomum de cansaço e derrota.

No mesmo instante, Rayanne ficou nervosa e receosa. Mordiscando o lábio, enterrou as unhas roídas na palma das mãos.

— Vão tomar o prédio, não é, irmã?

— Não se eu conseguir impedir. — Irmã Catherine forçou um sorriso; então, mudou de assunto. — Como vai nossa brilhante aluna?

— Criando rimas e aliterações — informou Belle — num grande poema sobre coragem!

A religiosa aprovou, mas seus lábios continuavam tensos, o único elemento destoante na receptiva figura de avó.

— São os irmãos Peterman? — indagou Rayanne.

A freira refletiu antes de responder. Belle podia vê-la ponderando que informações partilhar com uma das internas da missão, decidindo então que a participação era o primeiro passo para a responsabilidade.

— Sim, são os irmãos Peterman, Rayanne, mais um grande amigo deles com cadeira na Assembléia Legislativa. Há também uma incorporadora canadense, e uma empresária nova-iorquina... dos interessados que já vieram a público, bem entendido. Quando padre Tom fundou a Missão Santa Augustina, e irmã Zoe e eu abrimos o Abrigo Santa Margarete, quem imaginava que esta parte de Newcastle iria se valorizar tanto? Quando vejo os antigos edifícios comerciais aí em frente sendo reformados... vão ser apartamentos de luxo, sabiam?

— A religiosa voltou-se para Belle. — É claro que já ouvi o que esses interesseiros andam espalhando: que os abrigos atraem "pessoas indesejáveis", que incentivamos "elementos criminosos" etc. Ora, faça-me o favor! Deus e avareza: é impossível servir a ambos.

— Não podem nos obrigar a sair, podem? — sussurrou Rayanne.

— Só por cima do meu cadáver — foi a resposta zangada de irmã Catherine. Então, seu rosto cansado abriu-se num sorriso afetuoso. — E como vai a noiva?

— Faltam oito dias. — Belle tentava reproduzir a determinada postura jovial da freira. Consultou o relógio de pulso. — Oito dias, sete horas e cinqüenta e dois minutos para Annabella Graham se tornar a senhora Rosco Polycrates. Nossa, não percebi que já era tão tarde! Fiquei de ver a cozinha reformada da irmã de Rosco, Cléo; depois, ele e eu vamos tratar do mais importante: os papéis. Preciso ir. Até segunda, Ray.

— Mente e muque — lembrou a aluna.

— Não se trata de um ou outro, Ray. Precisa acreditar em você mesma.

— Lutar. Ganhar — replicou Ray.

☐☐☐

A caminho da casa da futura cunhada, no subúrbio, Belle voltou a sentir as emoções conflitantes que sempre experimentava ao deixar o abrigo. Não havia dúvida de que as duas religiosas que dirigiam o estabelecimento eram pessoas extraordinárias. Tampouco havia dúvida de que muitas das internas tinham talento e só precisavam de apoio para recolocar a vida nos trilhos: completar os estudos, arranjar emprego, descobrir seu próprio valor.

O problema era que, para cada mulher que entrava no abrigo e dele saía devidamente orientada, outra surgia à porta. Como irmã Catherine e irmã Zoe enfrentavam o dilema sem perder o otimismo era algo que Belle não compreendia, ainda mais agora, quando sofriam tanta pressão por parte dos empresários. Uma lei declarando os albergues ilegais naquela região da cidade não estava fora das possibilidades.

Com todos esses problemas na cabeça, Belle embicou o carro na entrada da garagem de Cléo e acelerou de leve, com cuidado para não passar por cima das bicicletas ali largadas. A caminho da porta, desviou-se de um taco de beisebol, de uma bola e de um capacete de futebol americano.

Ao tocar a campainha, foi saudada por latidos de cães, alvoroço de crianças descendo a escada, o lamento agudo de uma serra e os golpes rítmicos de um martelo. Depois de bater na porta e esperar mais um pouco, girou a maçaneta e entrou na sala.

— Cléo? Olá! Sou eu, Belle.

Um cão bassê de um ano, correndo de lado com um osso grande, quase a derrubou.

— Cléo? — chamou Belle, novamente.

Uma menina de 5 anos, em trajes de bailarina cor-de-rosa, estava parada no topo da escada com um olhar feroz.

— Conheço você — rosnou, examinando a intrusa. — É a noiva do tio Rosco. — Suas palavras continham toda a frieza de que era capaz uma criança de 5 anos em se tratando da futura esposa de um tio querido.

— Oi, Effie. — Belle estampou o que esperava ser um sorriso sedutor, no instante em que outro cão, maior, aparecia acompanhado do irmão mais velho da menina. Este, por sua vez, estava sendo perseguido por outros três moleques de 8 anos armados até os dentes com armas intergalácticas em púrpura e prata que emitiam raios de luz vermelha e sons aterrorizantes.

— Onde está mamãe? — gritou a bailarina. — A noiva do tio Rosco está aqui.

— Mãe! — berrou o garoto, precipitando-se pela porta que Belle deixara entreaberta. Os três inimigos foram atrás dele.

— Gostei da sua fantasia, Effie — declarou Belle, mas a menina apenas aprofundou a carranca. Tio Rosco sempre fora seu favorito. A noiva intrusa só vinha deturpar a ordem das coisas.

— Não é fantasia, é um *traje*. Foi o que mamãe disse. — Com isso, Effie sumiu no andar superior.

Belle respirou fundo e avançou pela sala.

— Cléo?

A serra parou de uivar.

— Ela está na garagem, discutindo com Geoffrey sobre a cor dos armários. — Sharon enfiara a cabeça pela janelinha que ligava a copa-cozinha, em plano mais alto, à sala. — Cléo acha que está vermelho demais, mas Geoff não arreda pé. Falta pouco para brigarem. — Sorriu com seu fugidio senso de alegria. Com 1,85 metro de altura e braços e mãos capazes de manusear facilmente a pedra e o mármore que lhe davam o pão de cada dia, a artesã tinha rosto grande e cabelos escuros muito curtos. Parecia uma gigante espiando pela janela. — O que quer?

— Só passei para ver como iam os trabalhos...

A cabeça de Sharon desapareceu da janela. Belle ouviu lajes de mármore sendo reordenadas, enquanto uma voz destacava-se do barulho.

— Não se preocupe. Vamos acabar a tempo, Belle. Está nervosa porque falta pouco para o casamento, é só isso. Trabalho com Geoff tempo bastante para saber que ele sempre cumpre o prazo.

— Não estou nem um pouco nervosa — assegurou Belle, mas as palavras foram engolidas por outro uivo da serra.

Pó de mármore branco esvoaçava pela janelinha. Belle saiu da casa, apertando a jaqueta contra o frio matinal, e foi para a garagem.

— Eu queria *cereja*, Geoffrey. Isso é *magenta*. — A última palavra prolongou-se num suspiro teatral. A mais velha dos irmãos Polycrates, Cléo, sempre tivera temperamento de diva grega. Voltou-se quando a futura cunhada entrou. — Belle, querida! Venha cá me dar a sua opinião. Não acha que essa cor está forte demais? Quero dizer, toda uma parede nesse tom... — Deixou as palavras se perderem, enquanto ela e Geoff Wright voltavam a se concentrar nos armários. Toda a garagem estava atravancada com pranchas de madeira em vários estágios de montagem.

— Quero *autenticidade* — prosseguia Cléo. — Não quero o *kitsch* americano. Foi por isso que contratei você. É um *artista*. Todos me garantiram que era *o melhor*. Fez aquele famoso curso de design em Rhode Island e tudo o mais. Quero armários de cozinha artesanais, e que *pareçam* artesanais!

Belle analisou as portas e gavetas espalhadas pela garagem. Faltando oito dias para o casamento, oito dias para que cerca de cinqüenta convidados comparecessem à casa de Cléo para a festa após a cerimônia, e a "cozinha nova" ainda não saíra do chão. "Esqueça as travessas de pratos artesanais", disse a si mesma, "teremos sorte se houver lugar para colocar caixas de pizza."

— Mas é cereja, Cléo — insistia o marceneiro. — Exatamente como pediu. Mas posso aplicar mais um pouco de castanho, se quiser, embora você tenha dito que não queria um tom muito marrom, lembra-se disso?

Cléo suspirou exasperada.

— Vou passar só mais um pouquinho de castanho. Acho que vai gostar. — Geoff deu uma piscadela a Belle, tendo acabado de vê-la ali, e exclamou: — Oi, Tinker Bell! Mudou os cabelos, é?

Belle disfarçou um esgar. Por que algumas pessoas elaboravam os apelidos mais odiosos? No colégio, os colegas chatos a chamavam de "A. Graham Belle"; depois, ao se tornar editora de palavras cruzadas, ganhara a alcunha de "AnnaGrama"; agora, Geoffrey Wright, artesão genial, formado na Ivy League e grande admirador das províncias do Norte, inventara o "Tinker Bell", para deleite de Cléo, de sua irmã Ariadne, e dos respectivos maridos e filhos. Do clã Polycrates, a única que nem esboçava um sorrisinho era a matriarca, Helen.

— Resolvi experimentar um penteado para o casamento — explicou Belle, passando a mão nas madeixas presas à base de laquê. — Faltando *só uma semana*, é claro que não podia deixar para a véspera.

A alusão ao prazo passou despercebida aos combatentes. Cléo continuava concentrada na porta do armário, enquanto Geoff dava a Belle outro sorriso brilhante.

— Se quer minha opinião, acho melhor do jeito que sempre usou. Não estrague com essas coisas grudentas. Seja "autêntica", como diz Sua Alteza aqui.

— Se tem certeza de que não vou lamentar essa decisão, Geoffrey... — O tom de Cléo era de lamúria agora.

— Mármore branco e cerejeira. Não podia ser mais Nova Inglaterra, Cléo.

— Até mais tarde — despediu-se Belle, mas ninguém respondeu.

Novamente sob o sol de maio, encaminhou-se ao seu abençoado automóvel. Após dirigir por alguns quarteirões, entrou numa travessa e desligou o motor.

"Bem que Rosco avisou; é uma família grande e uma família grega. São tios e tias, sobrinhos e sobrinhas, cada um com muitos amigos, colegas, vizinhos, inimigos e rivais. O que a filha única de um casal de distraídos professores anglófilos sabe sobre vida comunitária?", pensava ela.

Olhou através do pára-brisa. As nuvens escureciam rapidamente, e o vento começava a soprar. Um grupo de pardais saltitava entre os galhos de uma macieira próxima, os peitinhos estufados e vermelhos contra o verde. Se abrisse a janela ou a porta, saberia que os ouviria num belo desafio. Aberta: o som da vida. Fechada: o silêncio da solidão.

"Abrir e fechar", refletiu. "A vida podia ser tão fácil. Ou, como Rayanne expressaria: abrir, esperar, aturar."

CAPÍTULO

4

O departamento que cuidava das licenças de casamento ficava dentro do complexo da Prefeitura, na Winthrop Drive. O alto edifício central fora construído todo em granito e, após cento e cinqüenta invernos em Massachusetts, tinha aparência gasta e cinzenta. Colunas dóricas elevavam-se sobre a ampla escadaria que conduzia da calçada à pomposa entrada do prédio. O lugar transpirava poder, responsabilidade, a sabedoria dos patriarcas da cidade havia muito desaparecidos, bem como a austeridade de seus veredictos.

Circundando a instituição à procura de um lugar para estacionar, Belle admirou o friso entalhado no frontão: navios à mercê de um mar turbulento. Newcastle já fora uma cidade baleeira; o oceano a enriquecera; então, o clima benigno ou perigoso proporcionava outra forma de julgamento...

Depois de dar três voltas em torno da Prefeitura, finalmente encontrou uma vaga para estacionar e olhou as horas.

– Ai, atrasada de novo. – Belle suspirou. Por que tinha tanta dificuldade para cumprir os horários? Seria genético, assim como sua incapacidade de determinar onde ficava o norte e o sul, o leste e o oeste, ou de contar uma piada sem entregar o final no meio dela?

Fechou o carro, correu para a entrada do prédio, escalou os degraus externos de granito e, dentro do prédio, precipitou-se escadaria de mármore acima. No terceiro andar, a rotunda central revelava uma série de corredores estreitos a tremeluzir sob lâmpadas fluorescentes. "Licenças de casamento": indicava uma placa. Belle dobrou a quina e correu.

– Rosco! Oi! Desculpe! Estava trabalhando com Rayanne, depois passei na casa da Cléo e... – Sem fôlego, sorriu para o amado. De repente, o mundo lhe parecia bom e confiável. Alargou o sorriso; seus olhos cinza brilhavam. – Geoff, o milagreiro, está cismado com umas manchinhas, e Cléo... oh, você sabe. – Meneou a cabeça, ao que um dos grampos que prendiam seus cachos cuidadosamente montados caiu. – Ai, acho que a garota dos anos 1950 está desmontando...

– Gosto do jeito como se arruma todo dia... qualquer dia.

– Sorridente, Rosco aproximou-se, mas a presença de vários casais nervosos e de uma atendente rabugenta impunha um certo decoro. – Como estão as coisas lá no albergue da irmã Catherine?

Belle estreitou os olhos.

– Acho que está para estourar uma guerra...

Rosco expressou inconformismo, mas nada disse.

– Não podem deixá-las em paz, Rosco? Se há alguém responsável por limpar aquela parte da cidade, são as freiras e o padre Tom. Agora, atiram na cara deles todo o trabalho que realizaram. Andam espalhando boatos de que os abrigos atraem viciados e criminosos... que absurdo! Foram eles que expulsaram os drogados, para começar.

— Em qualquer lugar, menos no meu quintal... — murmurou Rosco. — É o progresso.

— Progresso?! É a velha ganância de sempre!

A veemência de Belle arrancou outro sorriso do noivo.

— E como foi o resto da manhã? Tudo em ordem lá no subúrbio?

Ela emitiu um suspiro de preocupação.

— A cozinha não vai ficar pronta a tempo. — Belle se calou por um momento, procurando uma abordagem delicada. — Acha que Cléo ficaria muito chateada se mudássemos o local da festa? Na minha casa, dá para recebermos...

— Cléo vai ficar muito chateada, sim — afirmou Rosco. — Ela faz questão de receber você na família. — Viu a noiva retesar os lábios. — É minha irmã. Ela e Ariadne; meu irmão, Danny; minha mãe... — Contou-os nos dedos. — Mas eles não são eu, Belle. Não temos de passar com o clã Polycrates mais tempo do que você é capaz de suportar.

— E a terceira terça-feira?

— Também não precisamos ir a esses encontros todo mês. Mas você disse que gostava deles.

Belle expressou espanto.

— E gosto! Só que...

— Não vão nos engolir. Teremos nossa própria vida, prometo.

Belle baixou o olhar.

— Está de meias! — constatou, sorrindo outra vez.

— Estou... em honra à grande ocasião.

— Não precisa mudar, Rosco, só porque vamos nos casar.

— Isso mesmo. Está vendo? Você não precisa mudar, eu não preciso mudar, e todos viverão felizes para sempre.

☐☐☐

A funcionária pública parecia uma figurinha rascunhada a lápis: a pele, os cabelos e até as roupas sobre sua estrutura delgada eram desbotadas e sem graça. Em gestos vacilantes, ela corria os dedos pelos formulários oficiais, manuseando selos e canetas esferográficas como se fosse deixá-los cair, a fim de sair correndo para as colinas, e o sorriso – se é que se poderia chamá-lo assim – parecia ter sido acrescentado depois, por alguém que não sabia como os lábios deveriam se curvar para esboçar um sorriso. Ao falar, entretanto, a mulher transformava-se. Tinha voz de tigre.

– Nome?

– Rosco Polycrates. Escrevi aí... – Ele tentou apontar através do vidro que os separava.

R-O-S-C-O-E, escreveu ela, com letras maiúsculas.

– Não tem esse último *e* – avisou Rosco. – É que na nossa terra...

– Idade? – cortou a funcionária, suspirando impaciente depois de tentar apagar, sem sucesso, a letra a mais.

– Trinta e oito. Isso também consta aí...

– Senhor, meu trabalho é conferir os dados. O seu é fornecê-los. Sexo?

– Por que não? É um dos motivos pelos quais vamos nos casar, não?

Se olhar matasse, o da funcionária teria reduzido Rosco a pó. Ele recuou.

– Acho que pode me colocar no masculino. – Vendo a noiva volver os olhos enquanto apertava a sua mão, acrescentou: – Sou investigador particular. E já fui da polícia. – Como se essas informações pudessem atestar a veracidade de suas declarações.

A atendente ficou ainda mais irritada.

— Seu passado profissional não interessa aqui, senhor. Nem me impressiona. Estado civil?

— Mas onde está esse item? Acho que o perdi... Por que mais eu estaria aqui?

O olhar agudo da mulher apenas intensificou-se.

— Divorciado, acho. Já me casei uma vez. Não deu certo. Eu era jovem demais.

A caneta oficial parou sobre o formulário rasurado.

— Senhor, deseja ou não pleitear uma licença de casamento?

— Claro que sim.

A funcionária virou o rosto.

— Terá de preencher outro formulário, senhor. Rasurado assim, ficou ilegível. — Olhou para a próxima da fila, Belle. — Nome? — ela perguntou antes de cumprir a mesma ladainha.

— Trinta e três... feminino... também divorciada.

— Mas eu conheço você! — exclamou a atendente. — É a editora de palavras cruzadas do *Evening Crier*! Aquela que elucidou uns crimes!

— Na verdade, fomos nós dois... — Belle interrompeu-se quando o noivo apertou sua mão.

— Li sobre você na revista *Personality*. É mais bonita pessoalmente. Imaginei que a produção da revista contasse com maquiadores e estilistas profissionais.

— Não, eles...

— Mas qual é a sensação de pegar um criminoso?

— Mas eu nunca peguei...

— *Esclareceu o crime* — retificou a funcionária. — Era o que estava escrito no artigo. Mas é a mesma coisa. Tenho memória quase fotográfica e gravo tudo o que leio. A foto foi tirada no seu escritório, todo decorado com motivos de palavras cruzadas. Você disse que prefere trabalhar em casa a ir à redação. "A Rainha das Charadas", era o título da reportagem. – Airosa, confessou: – Eu não faço palavras cruzadas. Detesto escrever a lápis. Viu como o formulário do seu noivo ficou ilegível após as correções.

Belle esboçou um sorriso.

– Mas pode preencher a caneta. Eu uso...

– Com caneta não dá para apagar.

Belle ia replicar, mas outro aperto de Rosco em seus dedos a silenciou.

– Quem vai oficializar a cerimônia? – Desta vez, a questão dirigia-se a Rosco.

– Oh, vamos nos casar num barco – informou Belle. – No iate particular do senador Hal Crane. Foi o sobrinho dele que...

Mas a atendente já se desinteressara pela famosa Rainha das Charadas.

– Em que águas vai se casar, senhor? – A voz tinha um tom agourento.

Rosco pigarreou. Aproximou-se da janela de vidro.

– Em que águas?

– Se vai se casar no mar, poderá estar, ou não, em águas de Newcastle, e portanto dentro, ou *não*, da jurisdição de nossa municipalidade.

– O que acontece se não estivermos? – questionou Belle, ignorando o alerta furtivo do noivo.

– Nesse caso, este departamento não poderá ajudá-los. – A funcionária observou a fila de casais. – Próximo?

Belle não se conformou.

— Mas...

— Por favor, peguem as coordenadas com o comandante da embarcação. Se o plano for navegar no domínio marítimo de Newcastle, este Departamento de Licenças de Casamento terá prazer em assisti-los. Caso contrário, deverão entrar com o requerimento na municipalidade competente.

Belle ficou vermelha de raiva.

— Mas quem vai nos casar é o comandante!

— Ele tem licença de juiz de paz? Essa é outra questão que precisam esclarecer. Se ele não tiver as credenciais apropriadas... Vejam bem, pode haver controvérsia quanto à legalidade.

Belle ia discutir, mas Rosco a deteve.

— Voltaremos à tarde — declarou ele.

— Hoje é sexta-feira, senhor — foi a réplica triunfante. — Fechamos mais cedo.

— A gente volta — repetiu Rosco.

☐☐☐

Foi na rotunda que encontraram Lever. Al e Rosco tinham sido colegas na época em que Rosco integrara o Departamento de Polícia de Newcastle. Os dois sempre foram como água e óleo, gelo e vapor, dia e noite. Eram amigos verdadeiros, de longa data, e Al acreditava que as núpcias próximas deviam-se diretamente a seus conselhos e intervenção. Lever seria o padrinho de Rosco, posição que ele encarnava mais do que abismado.

— Ei, Polycrates! Oi, Belle. Vim ver como os dois pombinhos se saíram com a Miss Gestapo. — Num gesto automático, pegou o maço de cigarros, mas desistiu de fumar. — Esqueci.

Prefeitura: outro famoso local em que é proibido fumar. Para vocês verem a que ponto um amigo pode chegar para cumprir seus deveres de padrinho... – Tossiu, resfolegou e olhou feroz para a escadaria. – Li em algum lugar que subir degraus é um ótimo exercício. Aeróbico, ou algo assim.

– Qualquer exercício é melhor do que nenhum, Al.

– Eu jogo golfe, Polycrates, caso seu cérebro fraco tenha se esquecido. – De novo com falta de ar, Lever ignorou o olhar divertido que o ex-colega trocou com a noiva. – Subir três lances de escada não é exercício, é suicídio. – Inconformado, deu tapinhas no maço de cigarros. – Mas vocês não estão com cara muito boa. Não vão me dizer que a licença foi negada... Não houve teste, houve?

Foi Rosco quem respondeu:

– É uma longa história, Al. Algo a ver com coordenadas de navegação.

Lever ficou horrorizado.

– Mas vão adiar o casamento?

– Não, se pudermos evitar – declarou Belle, enquanto os três desciam a escada. – Vamos falar com o comandante. – Então, mudou de assunto: tornara-se fã do irascível Lever. – Você também não está com a cara muito boa, Al.

– Um mendigo apareceu morto hoje de manhã. Crânio esmagado. Nenhum dinheiro. Comida de cachorro nos bolsos. Que mundo é este em que pessoas têm de comer isso?

Belle ficou séria.

– Era alguém da Missão Santa Augustina?

– Não um interno. Mas isso não significa que nunca tenha passado por lá.

Belle continuou perturbada. Não falou nada por um minuto inteiro, mas Rosco sabia que sua mente fervilhava com hipóteses.

— E alguém o matou? Mas por quê?

— Não se sabe. Briga por causa de uma garrafa de bebida, assalto, dívida... Pode demorar um pouco, mas vamos descobrir.

— Ninguém o conhecia? – indagou Belle. – Ele não era daqui?

— Carlyle identificou o cadáver há vinte minutos. Era daqui, sim, um sujeito chamado Carson.

— Freddie Carson? – questionou Rosco.

— Isso mesmo, Frederick Carson. Conhecia?

— Mais ou menos. Mas ele comia comida de cachorro?

— Polycrates, pare de pensar no casamento e concentre-se. Sim, ele comia comida de cachorro.

— Eu às vezes topava com Freddie Carson por aí – recordou Rosco, devagar. – Ajudei-o uma ou duas vezes; paguei-lhe um café, um sanduíche. Ele não comia comida de cachorro, Al. Ele tinha uma cadela... um filhote.

— De que raça?

— Vira-lata. Sem rabo. Mais ou menos deste tamanho... – Rosco ergueu as mãos e as separou cerca de vinte centímetros.

— Bom, não havia nenhum filhote de cão vira-lata por perto quando o encontramos.

CAPÍTULO 5

Belle continuava calada ao entrar no jipe. Rosco fechou a porta para ela, contornou o veículo e se acomodou atrás do volante.

— Você está bem?

Olhando pela janela, ela exibia um semblante triste e preocupado.

— Por que alguém mataria um morador de rua, Rosco?

— Por causa de uma garrafa de bebida, como Al considerou. Ou acerto de contas...

— E se houver algo mais sinistro envolvido?

— Por exemplo?

— Não sei ainda, mas sinto que falta um elemento... Talvez uma tentativa de desacreditar os albergues para pessoas carentes.

— Al é um bom investigador, Belle. Se houver relação entre esse crime e os irmãos Peterman, ele vai descobrir.

Belle concordou pensativa, mas não replicou, enquanto Rosco misturava-se ao tráfego lento na Winthrop Drive.

— Onde deixou seu carro?

— O quê? Oh, na Rua 3... acho. Ou na Rua 4. Mas era um

bom lugar. Sem parquímetro. Pode ficar lá o dia todo... Oh, veja aquilo! Uma máquina de venda de jornais derrubada na rua, e é do *Crier.* – Pegou o telefone do jipe, ligou para a central de atendimento do jornal, relatou o problema e desligou. – Não sei por que alguns acham tão legal se comportar como vândalos.

– Talvez queiram roubar o dinheiro das máquinas – sugeriu Rosco. – E talvez você devesse ir no seu carro. O trânsito vai ficar pior mais tarde. Tem certeza de que não estacionou numa daquelas áreas com parada livre só até as quatro?

– Peguei um bom lugar, Rosco, verdade. Não tem perigo de guincho.

– Na Rua 3 ou na Rua 4? Acho pouco provável...

– Posso mostrar o lugar exato, se quiser. Estacionei bem atrás de uma coisa grande e verde. Com pneus enormes.

Rosco riu.

– E se a coisa grande e verde der marcha a ré? Como é que vai ficar o seu carro?

Belle também deu uma risadinha.

– Está bem, sr. Motorista Impecável. Se bem que tem seu prontuário incólume porque nunca foi pego. Ou melhor, quando o pegam, você vem com aquele papo de que já foi policial, e é liberado. Eu, pelo menos, paro e peço orientação. Quando me perco, reconheço isso. – Olhou novamente pela janela. – Outra máquina de venda de jornais destruída. Mas o que está acontecendo? – Pegou o telefone, reportou essa segunda situação e voltou a ficar pensativa. – Espero que o assassino de Carson não tenha machucado o filhote...

Rosco olhou-a.

– Ele não teve dó do dono.

Perturbada, Belle permaneceu calada por um bom tempo.

— Tem razão. Freddie devia ter problemas terríveis, e eu aqui preocupada com o bicho de estimação.

— Carson era boa gente. Meio fraco, mas também o que esperar se ele vivia na rua?

— E eu pensando numa cadelinha.

Seguiram em silêncio, enquanto o tempo se tornava ameaçador. Nuvens negras se espalhavam pelo céu; a brisa oceânica chegava úmida e abafada; as pereiras e castanheiras carregadas de botões junto ao velho centro municipal de tijolos e granito pareciam retrair-se, como se o inverno ainda estivesse no ar.

— Só espero que o dia do nosso casamento não seja assim — comentou Belle. — O que aconteceu com as flores de maio?

— A baía tem de estar calma — replicou Rosco. — Já imaginou o noivo verde de tão enjoado? — Saindo da Nathaniel Hawthorne Street, entrou à esquerda, na Harbor Road.

Belle aconchegou-se a ele.

— Está sendo um amor fazendo isso por mim. Casamento no mar! Mas tenho uma teoria: a experiência vai exorcizar seu enjôo de mar para sempre.

— Precisamos conseguir a licença primeiro, Belle.

Ela sorriu.

— E um juiz de paz autorizado. — Apoiou-se no noivo, e ele apertou o braço livre em seus ombros.

Na marina do Iate Clube Patriot, pegaram instruções de como chegar ao magnífico iate *Akbar* do senador Crane. Atracada em um píer de tonalidade marrom, entre as ondas acinzentadas, a embarcação reluzia. Vinte e um metros de teca e mogno, cobertos de fresca tinta branca e verniz claro, as ferragens tão fulgurantes que feriam os olhos, o *Akbar* exsudava aquela aura indefinível conhecida como classe. Encomendado pelo pai do senador na década de 1930, o iate era cenário mais do que conhecido nas festas dos muito ricos.

A despeito de sua fama de marinheiro de primeira viagem, Rosco assobiou de admiração ao se aproximarem.

— Se vamos casar num barco, tem de ser este!

— Adoro você — respondeu Belle. Então, desanimou-se. — Sara está aqui.

— Como sabe?

— O carro dela.

— A coisa verde e grande?

— Muito engraçado. — Belle indicou o estacionamento reservado. Com certeza, aquele era o Cadillac 1956 de Sara Crane Briephs. Cromo polido, pintura preta muito encerada, o veículo era tão inequívoco quanto a singular proprietária, a octogenária irmã mais velha do senador. — Pensei que fôssemos ter algum tempo sozinhos — lamentou-se.

— Talvez só depois do casamento mesmo.

Belle permanecia tensa.

— Meus queridos! — A dita senhora em pessoa saltava da prancha de desembarque. — Albert me avisou que vocês dois estavam vindo para cá. Algum problema com a licença... por conta de coordenadas de navegação ou outra tolice assim. Belle, querida! Está com uma cara péssima para quem vai se casar em poucos dias.

Belle tentou demonstrar um mínimo de prazer. Gostava de Sara e, normalmente, apreciava sua companhia, mas naquele dia gostaria muito de ficar algum tempo sozinha com o noivo.

Mesmo assim, abraçou Sara com afeto e foi recompensada

com um sorriso carinhoso. Reparou no conjunto impecável, no lenço de seda, nas luvas de algodão branco, nos escarpins azul-marinho: a grande dama de Newcastle vestira-se para uma ocasião importante. Faltava só o chapéu de aba larga, mas talvez Sara tivesse considerado o tempo inclemente demais para esse tipo de acessório.

— Albert tossia feito louco quando telefonou. Temos de convencê-lo a parar de fumar. Está fazendo mal à sua saúde. Fale com ele, Rosco. Afinal, será seu padrinho.

Rosco deu uma piscadela a Belle por sobre o perfeito penteado branco de Sara.

— Cada um cuida da sua vida.

— Ele é casado, meu rapaz. Mas o que é que a mulher dele faz? Nenhum homem é seu próprio mestre, Rosco. Está para se casar. Já devia saber disso, a esta altura. — Sara voltou-se para Belle. — Agora, querida, deixe tudo por minha conta. O comandante Lancia está desesperado para ajudar. É o novo capitão do *Akbar*. Não sei onde meu irmão o encontrou, mas, a julgar pelos olhos de Mastroianni e pela voz de baixo, acho que é de Nápoles. Ah, esse porto guarda um mistério maravilhoso! De qualquer forma, ele e eu vamos tratar de todos os detalhes do cruzeiro: que águas, sob a jurisdição de qual municipalidade, e todos os outros detalhes.

Belle afligiu-se.

— Mas...

— E, se necessário, eu os acompanharei à Prefeitura para explicar pessoalmente à atendente o que acontece com funcionários públicos que passam dos limites.

— Não acredito... — começou Rosco, mas Sara não o deixou prosseguir.

— Afinal, meu irmão tem esbanjado o dinheiro dos contribuintes há tantos anos...

Belle inspirou profundamente. Como aquela gente tão variada iria coexistir no dia de seu casamento? Uma impetuosa família de greco-americanos; a valorosa Sara com suas antiquadas opiniões acerca de costumes fidalgos; mais o pai da noiva, que se tornara incomunicável ao receber a notícia de que a única filha iria se casar com um detetive particular, ainda por cima formado em uma universidade pouco renomada!

— Houve um homicídio no centro da cidade hoje cedo — comentou Rosco, numa tentativa de abreviar o monólogo de Sara. — No beco Adams. Um morador de rua.

A velha senhora interrompeu-se.

— Ora, mas por que alguém faria uma coisa dessas? Já não é cruel o bastante que essas pessoas tenham de morar na rua? — Fez uma pausa e, então, pareceu se interessar mais. — No beco Adams? Que interessante... aconteceu bem no meio da nossa nova área de empreendimento.

— Como é que é?

— Por favor, Rosco, não me tome por ingênua. Todos sabemos o que se passa naquela área da cidade e quem são os maiores interessados. Incentivos fiscais para incrementar o desenvolvimento da região, pois sim! Só o que vejo crescer são os bolsos dos donos dos terrenos. E sabemos quem manda.

— Não quero tirar conclusões precipitadas, Sara. Esse crime pode ter ocorrido só por causa de uma garrafa de bebida.

— Se aprendi algo em meus oitenta e tantos anos, é que a vida não é tão *simples* assim.

— Ele tinha uma cadela — completou Belle. — Filhote ainda.

Sob a camada de pó compacto e *blush*, o idoso semblante empalideceu.

— Não me diga que mataram a cadelinha também! — Lágrimas insinuaram-se nos olhos azuis de Sara.

Rosco respondeu, procurando parecer sensato e calmo:

— O filhote desapareceu. Deve ter fugido.

— Pois vamos encontrá-lo.

Rosco estampou seu sorriso profissional.

— No momento, Belle e eu temos assuntos mais urgentes. Tenho certeza de que a cadelinha vai aparecer...

Sara o interrompeu, imperiosa:

— Sua noiva e eu vamos providenciar a licença de casamento. Você, Rosco, vai procurar e achar o pobre bichinho indefeso. É o mínimo que podemos fazer.

— Entendemos sua preocupação, Sara, mas vamos deixar Lever e a equipe procederem...

Sara Crane Briephs não se deixou aplacar.

— Você não entendeu, Rosco. Estou contratando seus serviços. Quero que encontre a tal cadelinha.

CAPÍTULO

6

— Kit. Era assim que Freddie Carson a chamava. Sabe, como Kit Carson, o batedor lá nos territórios do Oeste? Tinha um pouco de sarna, por isso, o pêlo se parecia com o daqueles gorros vendidos em camelôs, e não tinha rabo, mas era uma cadelinha muito meiga.

Rosco puxou um engradado de garrafas de leite e sentou-se. Automaticamente, ele perguntou:

— Por que *era*?

— Não sei. Acho que, como Freddie já *era*, o filhote também já *era*. Era muito novinha para conseguir sobreviver sozinha. Já tive um cachorro... Por acaso, não tem um cigarro sobrando aí, tem?

Rosco negou e deu outra boa olhada no sujeito. Determinar a idade dele era quase impossível. Podia ter 36 ou 63 anos. Não se barbeava nem tomava banho havia uma semana, e fedia a álcool. Encontrara-o sentado na ponta de um píer abandonado na Rua 7, com os pés balançando no ar e uma garrafa de vinho barato ao lado sobre as pranchas de madeira castigadas pelo tempo. Já descobrira que se chamava Gus e que, dependendo se parava de beber por algum tempo, morava na Missão

Santa Augustina, ou nas ruas de Newcastle, ou de Boston. Atualmente, perambulava pelas ruas de Newcastle.

— Sabia que Kit Carson foi nomeado brigadeiro-general dos voluntários depois da Guerra Civil? — Gus forneceu essa informação curiosa, ao mesmo tempo que cuspia na água lá embaixo. No fim da tarde, as nuvens carregadas haviam se dispersado, e as luzes do outro lado do rio Newcastle tornavam a cena estranhamente romântica, considerando o tema da conversa e os protagonistas nela envolvidos.

— Você me pegou, Gus. Não sei quase nada sobre Kit Carson.

— Ele se chamava Christopher. Recebeu a patente em março de 1865, por bravura na batalha de Valverde. — Em meio à fala arrastada, Gus ergueu um dedo para enfatizar. — Isso é interessante, porque a batalha ocorreu em fevereiro de 62. As coisas andavam mesmo devagar naquela época. E Kit morreu três anos depois... Tão pouco, tão tarde. É assim que vejo. Mais uma vida miserável por culpa do governo. Custer foi outro promovido a brigadeiro-general dos voluntários. Em 1863, dois anos após se formar em West Point. O irmão mais novo morreu com ele em Little Big Horn. Muita gente não sabe disso. Nem se dão conta de que...

Rosco interrompeu o discurso incoerente:

— Há quanto tempo conhecia Freddie?

— Escute, você não tem uns trocados aí? Um gole de vinho cairia bem agora. Esquenta a gente. Este mês de maio não tem sido dos mais agradáveis. Você me acompanha... — Gus riu.

— Não vou lhe passar sermão, Gus. Mas vou encaminhá-lo ao albergue do padre Tom. Precisa tomar banho.

— Não quero ver o padre, nem aquele Heartbreak Hotel. Não preciso desse tipo de pressão...

— Você é que sabe. A missão, pelo menos, é mais quente e mais seca do que as ruas.

— Rosco calou-se por um instante, pensando em Gus, em Freddie assassinado, em Kit Carson, em George Armstrong Custer, vidas dissipadas e vidas realizadas. "Encontre a cadelinha", ordenara Sara. Como se podia procurar um animal perdido e ignorar um ser humano? — Quando foi a última vez que viu Freddie?

— Tem certeza de que não é tira?

— Que diferença isso faz?

— Muita. Não preciso da polícia. Não preciso do governo.

— Certo. A menos, é claro, que haja algum doido por aí matando moradores de rua. Aí, vai precisar muito da polícia.

Gus não respondeu. Rosco deixou-o digerir a previsão antes de retomar a palavra:

— Como eu já disse, uma senhora me pediu para encontrar esse filhote. Não cheguei a conhecer Freddie realmente, só lhe pagava um café de vez em quando, nada mais. Parecia um bom sujeito. Ele tinha um canto fixo? Um lugar onde pode ter deixado Kit? Como um prédio abandonado, ou um velho galpão de trens?

— Não sei.

Rosco fez uma pausa e, então, tentou outra tática:

— Mas qual foi a última vez que viu Freddie?

— Vivo?

Rosco encarou o mendigo por um segundo.

— Quer dizer que o viu morto? Estava no beco Adams naquela noite?

— Não sei. Você está me confundindo. Posso ter passado pelo beco naquela noite. Mas pode também ter sido na noite anterior... ou há uma semana. Não me lembro direito. Talvez

Freddie estivesse só dormindo, talvez estivesse morto. Sei lá, companheiro. Estou bebendo sem parar há sete dias. Não consigo me lembrar das coisas.

— Então, quando viu Freddie, Kit não estava com ele. Isso está certo?

Gus gritou:

— Já disse que não sei! O filhote podia estar dormindo junto com ele, ou não. É muito escuro aquele beco... Espere um pouco. Está dizendo que matei Freddie? É isso?

— Calma, Gus...

— Não tente me enganar.

— Olhe, Gus, estou indo à missão falar com o padre Tom. Não quer vir comigo? Eu lhe dou carona. Lá, terá uma refeição e uma cama... ao menos por uma noite.

— Não quero ver o padre Tom. — Gus ergueu a garrafa de vinho contra a luz e confirmou que estava vazia. Atirou-a na água escura. — Por que não me deixa em paz? — resmungou. — Retiro meu convite para se juntar a mim num drinque. *Retiro*, ouviu?

— Como quiser. — Rosco levantou-se e retornou pelo píer para junto de seu jipe, deixando Gus sozinho com seus fantasmas.

☐☐☐

O padre Thomas Witwicki realmente não parecia um religioso. Aos 50 e poucos anos, com 1,95 metro de altura e cerca de 130 quilos, tinha o nariz meio torto por já ter se quebrado três vezes, os cabelos ruivos bem curtos e um andar coxeado que todos supunham derivar de alguma fratura na rótula sofrida na infância. Quinze anos atrás, fundara a Missão Santa Augustina somente com os recursos de seu próprio cérebro e músculos, somados aos esforços às vezes extravagantes dos homens que se sentia chamado a salvar.

Assim como as duas freiras que supervisionavam o albergue feminino ali próximo, o pároco valera-se de persuasão cerebral e espiritual junto aos comerciantes locais para conseguir duas construções desocupadas – as quais transformara em dormitórios, salas de recreação e refeitórios para atender a quem precisasse, desde que estivesse sóbrio e asseado. Embora raramente usasse o colarinho clerical, era tão conhecido em Newcastle que ninguém jamais deixava de reconhecê-lo pelo que era: o velho e bom padre Tom.

Entrando pela cozinha, Rosco encontrou o fundador da missão de avental branco, sovando massa de pão. O vigário ergueu o olhar. Estranhos zanzando pelo albergue não o incomodavam nem um pouco.

– Lave as mãos. Tem avental naquele armário. Pode me ajudar. Não existe nada melhor para a alma do que fazer pão.

– Na verdade, eu queria apenas lhe fazer umas perguntas.

– Bem que adivinhei. Deve ser repórter, ou investigador da polícia, e quer saber de Freddie Carson. Pois terá de trabalhar para conseguir as informações. Pegue um avental, ou então volte para o lugar de onde veio.

Rosco obedeceu. Com um avental branco atado à cintura, aproximou-se da mesa de aço inox junto à qual o padre Tom trabalhava.

– Vou ser honesto – avisou Rosco. – Não sou bom na cozinha.

– Não precisa ser. Bastam músculos, e parece tê-los. É melhor arregaçar mais as mangas. Lave as mãos, afunde-as na farinha, pegue uns vinte centímetros de massa e sove-a por um ou dois minutos. Deixe-a mais ou menos no formato e coloque-a em uma daquelas fôrmas. Entendeu? Um supermercado das redondezas nos fornecia pão... com data de validade vencida. Como quase sempre estava mofado, nós passamos a fabricar aqui. E também no abrigo feminino.

— *Nós* quem? Estou vendo só o senhor aqui.

— No momento, somos eu e você, meu rapaz.

Rosco sorriu, afundou uma mão na farinha e estendeu a direita.

— Meu nome é Polycrates. Rosco Polycrates.

— É grego?

— Terceira geração.

— Thomas Witwicki. Não me pergunte a pronúncia em polonês, deve ser igual à do poeta, imagino... É só padre Tom. Mas o que é, afinal? Investigador da polícia ou repórter?

— Sou detetive particular. Já fui da polícia de Newcastle, mas esta visita não é oficial. Estou tentando localizar a cadelinha de Freddie Carson, Kit.

— Não puxe a massa; não está manuseando redes de pesca, Rosco. Sove com firmeza, mas devagar e regularmente. Do contrário, ela não cresce. Receio não saber nada sobre o filhote. Mas acho esquisito você estar mais preocupado com o paradeiro de um animal do que com o fato de um homem ter perdido a vida.

— Talvez seja o são Francisco em mim...

Padre Tom não achou a menor graça.

— Levamos a religião a sério aqui.

— Eu também. — Rosco adotara expressão igualmente séria. Sovou a massa por algum tempo. — Algo me diz que a cadelinha de Carson pode levar ao assassino.

— Como?!
— O filhote é a peça que falta na cena do crime.
— E se fugiu?
— Pode ser. — Rosco fez uma pausa. — Falei com um sujeito chamado Gus há cerca de meia hora. Conhece-o?
— Gus? Claro. Onde é que ele estava?
— Sentado na ponta de um velho píer na Rua 7.
— Sóbrio?
— Nem um pouco.

O padre ficou calado por algum tempo.

— Gus vive entrando e saindo da missão. Sóbrio e asseado é a nossa regra. Sou muito severo, eu sei, mas essas pessoas entendem. Gus era professor de História. Ele contou isso para você?

— Não fomos além do século 19. A conversa girou em torno de George Armstrong Custer.

— Gus vive perambulando por aqui e por Boston. Existem albergues lá também, e não são tão rígidos quanto eu em relação ao álcool. Creio que Gus vê isto aqui como uma espécie de clínica de recuperação. Nem todos se saem bem com os AA.

— Era essa a vida que Freddie levava também? — Rosco apresentou ao padre sua massa sovada. — Está bom assim?

— Está. Pode colocar na fôrma. Não, Freddie nunca bebia. Freqüentava nossa missão havia quase três anos. Aliás, era meu melhor padeiro.

— A polícia encontrou uma garrafa vazia junto do corpo.

— Pode ser, mas garanto que não era de Freddie. Devia ser de outra pessoa.

Rosco enfarinhou as mãos novamente, pegou outra bola de massa e começou a sovar.

— Então, por que ele dormia na rua? Quero dizer, se se mantinha sóbrio e asseado, podia ficar aqui, não é?

O padre recostou-se no balcão, cruzou os braços troncudos e soltou um suspiro profundo.

— A culpa foi minha... A cadelinha... Freddie encontrou-a na rua, magrinha, magrinha. E sem rabo. Isso foi há umas duas semanas. Talvez um pouco mais. Ele a trouxe para cá. Tive de tomar uma decisão. Quero dizer, não permitimos animais no albergue. Servimos refeições. Freddie trabalhava na cozinha... Resumindo, mandei-o deixar o animal na calçada.

— E ele não quis.

— Tinha medo de que a matassem. O que teria de fato acontecido, suponho.

— Não sei, padre. Sei que o filhote estava em mau estado, mas acho que alguém o teria adotado.

— Chegou a ver?

— Paguei um café para o Freddie na semana passada. Aliás, foram duas vezes.

O silêncio instalou-se na cozinha. Foi Rosco quem o quebrou:

— Então, deu o ultimato: ou a cadelinha saía, ou Freddie saía.

Padre Tom pegou outra bola de massa e deu-lhe um murro.

— Não precisa ser tão duro. Nós nos preocupamos com a saúde aqui. Além disso, alguns internos são alérgicos a pêlo de cachorro; outros morrem de medo. Sim, a cadelinha tinha de sair. E Freddie entendeu isso. Não podemos distorcer as regras; as coisas começam a ficar confusas... Viu o depósito abandonado do outro lado da rua?

— Não.

— O prédio foi vendido. Vai ser um supermercado de luxo,

com queijos importados, azeites de oliva condimentados, caviares, enfim. Duas portas adiante, vão abrir um antiquário, e parece que a loja de artigos de pesca do velho Tyler vai se transformar em galeria de arte. – De repente, o padre endurecera a voz. – O bairro está mudando. Esta área da cidade se valorizou, e a missão tem sofrido pressão por parte dos empreendedores imobiliários. Se tivesse permitido que a cadelinha ficasse, os irmãos Peterman fechariam o albergue num piscar de olhos.

– Até que ponto conhece Gus?

– Só sei o que já disse. Ele vive entre aqui e Boston. Era professor em Dartmouth, se não me engano.

– Como soube disso?

– As pessoas contam suas histórias. Podem estar mentindo, claro, mas qual seria o propósito? Caso tenham direito a benefícios sociais, a pensão por invalidez ou algo assim, procuro o departamento em questão e as ajudo a se reerguerem. Se inventarem coisas, estarão apenas enganando a si mesmas.

Rosco terminou de esculpir outra bola de massa e limpou as mãos no avental.

– Quantas fôrmas precisa fazer hoje?

– Todas.

– Quanto tempo vai levar?

– Se continuar me ajudando, mais uma hora. Quer tomar café ou chá enquanto trabalha?

Rosco recusou:

– De qualquer forma, obrigado. – Refletiu por um minuto. – Sabe o sobrenome de Gus?

– Taylor. Por quê? Acha que ele matou Freddie?

– Estou só procurando uma cadelinha perdida, lembra-se?

CAPÍTULO

7

Se havia algo improvável, era um assalto a uma joalheria às dez horas da manhã de um sábado. Com a experiência, Rosco aprendera que a maioria dos ladrões gostava de dormir até o meio-dia nos finais de semana. Eis por que o alarme da Joalheria Hudson espantou-o tanto quanto aos funcionários e demais clientes da loja. Por ato reflexo, quis sacar a arma, mas a única coisa que encontrou sob a jaqueta foi o cinto de couro lindamente trabalhado que ganhara de Belle no aniversário.

Ao som do alarme, o gerente de vendas arrebatou do mostruário de veludo sobre o balcão de vidro as alianças de casamento de Rosco e colocou-as novamente na vitrine, que trancou, depositando as chaves em um cofre de aço. Foi tudo tão rápido que Rosco acreditou estar diante de um mágico. O gerente de vendas já se concentrava na porta da frente e no indivíduo que causara o distúrbio.

— Senhor, a polícia foi acionada pelo sistema de alarme automático; toda a atividade no local está sendo monitorada por câmeras de vídeo. Recomendo que se movimente devagar, com calma. Na verdade, seria melhor que se fosse antes que a polícia chegasse.

Fora a Al Lever que o gerente dirigira essas palavras.

O tenente encarou os clientes horrorizados antes de se fixar no gerente da Hudson:

— Sou da polícia, companheiro. — E exibiu para todos a credencial dourada de investigador. Clientes e funcionários suspiraram aliviados, menos Rosco, que ria. Al lançou-lhe um olhar fulminante.

— Bem... *policial* — tartamudeou o vendedor-chefe —, sua arma deve ter acionado nossos detectores de metal. Suponho que esteja armado.

Lever confirmou e guardou o distintivo no bolso superior da jaqueta azul-marinho.

— E quanto tempo pretende ficar conosco, senhor? Seria péssimo se o alarme fosse reativado quando saísse. — O gerente se acalmou. Não era uma atitude sensata hostilizar um representante da lei... ou um cliente potencial.

— Dez minutos, no máximo.

O funcionário retirou-se pela porta dos fundos, a fim de religar o alarme, enquanto Rosco apontava para a rua.

— Temos companhia, Al.

Junto ao meio-fio, uma viatura da polícia freara bruscamente, os pneus emitindo fumaça. De armas em punho, dois patrulheiros uniformizados saltaram e se posicionaram atrás de um automóvel ali estacionado.

— Ai... — grunhiu Lever. — Vou lá falar com eles. Um dia de folga. Estou pedindo demais? Um único dia misturado à multidão, como qualquer outro civil?

Rosco achou por bem não comentar que um visual composto por jaqueta de brim, calça de sarja, mocassins marrons lustrosos e cabelos curtinhos contribuía para que alguém se misturasse à multidão tanto quanto um boné com a sigla do Departamento de Narcóticos ou uma capa com a sigla do FBI. Em vez disso, replicou:

— Obrigado por sacrificar seu dia de folga, Al.

— Só o faria por você, Polycrates. — Lever saiu e falou com os policiais.

Minutos depois, com tudo de volta ao normal na joalheria, as alianças de casamento foram retiradas da vitrine.

— Como é que gravam o nome nelas? — ponderou Lever, examinando as iniciais de Rosco e Belle, mais a data de casamento, na parte interna da aliança maior.

— Hudson é o melhor gravador da cidade — assegurou Rosco.

O gerente corroborou com um sorriso convencido, enquanto Lever pousava novamente as jóias sobre o mostruário aveludado. Tinha a mão trêmula.

— Você está bem, Al?

— Olhe, Rosco, estou inseguro. Por que não fica com as alianças? Falta uma semana para o casório. Vou perdê-las. Tenho certeza.

— Alguma vez perdeu seu distintivo?

Lever negou.

— As chaves do carro? As chaves de casa? Os cartões de crédito? Sua arma?

Lever deu de ombros, porém preservava a expressão obstinada.

— Vamos lá, Al... É o padrinho. As alianças são sua responsabilidade. É a única coisa que tem de fazer.

— Eu sei, mas isso me deixa nervoso.

— Você? Nervoso? Mas sou eu quem vai se casar. E minhas mãos não estão tremendo... ainda.

— Sim, mas veja com quem está para se casar. Não se pode falhar com Belle. Estou morrendo de medo de perder essas alianças. — Baixinho, completou: — Ela me mata, se isso acontecer. Sabe que ela é bem capaz disso.

— Não vai perder as alianças. Guarde-as num lugar seguro. Entregue-as à sua mulher...

— Nem pensar! Ela perde as chaves do carro todo mês. — Nesse instante, o *pager* de Al começou a emitir um sinal irritante, que novamente chamou a atenção de todos na joalheria. Ele pegou o aparelho, desligou o alarme e leu o número de telefone no visor.

— Não tenho um minuto de paz. — Lever procurou o gerente de vendas. — Posso usar o telefone?

— Claro, *policial*.

Trouxeram um telefone sem fio. Lever digitou o número sem relê-lo no *pager*, sinal de que já o conhecia.

— Mais serviço — murmurou a Rosco, e então passou a andar em círculos, dando ordens ininteligíveis ao interlocutor na outra ponta da linha.

Junto com os demais na loja, Rosco assistia à cena em silêncio. Finalmente, Lever desligou o telefone e o devolveu à vendedora.

— Problemas? — indagou Rosco.

— Pode-se dizer que sim. Mais um morador de rua apareceu morto. Desta vez, numa ruela atrás do terminal rodoviário.

Rosco levou algum tempo para digerir a notícia.

— Não era Gus Taylor, era?

— Quem é Gus Taylor?

— Um ex-interno da Missão Santa Augustina. Falei com ele ontem à noite; queria saber da cadelinha de Carson.

— O quê?

— Idéia de Sara Briephs.

Lever estreitou o olhar.

— Precisamos conversar, Polycrates. Que tal darmos um pulo no local agora? E não, o corpo não é de Gus. Desta vez, trata-se de uma morta.

Os dois saíram da joalheria, abandonando as alianças de casamento em cima do balcão.

☐☐☐

Belle consultava o relógio de pulso pela terceira vez em três minutos. "Vinte para as onze; Rosco já devia ter chegado", pensava. Sem tirar os olhos das janelas de seu escritório de casa, enfiou as mãos nos bolsos do cardigã verde, um de seus velhos agasalhos favoritos. Inconscientemente, quando começou a chuviscar lá fora, abotoou o cardigã, só para desabotoar de novo e enfiar as mãos nos bolsos outra vez. Rosco e Al já deviam ter pego as alianças de ouro na joalheria, àquela altura.

Passeou o olhar de seu próprio jardim para o do vizinho, tão bem-cuidado, reparando também na casa recém-reformada, com clarabóia sobre a porta e lindas floreiras sob cada janela. Mas, naquele dia, essa visão não a alegrava. "A pobre cadelinha... Ficaria toda molhada com aquela garoa. O que encontraria para comer?", continuava pensando.

Sentiu-se estremecer e saiu da janela, olhando as horas pela quarta vez, enquanto seguia para a sala com sua eclética mistura de enfeites, passando então à cozinha com seus utensílios antiquados — que a dona da casa achava "charmosos", até porque não cozinhava. Incapaz de ficar quieta, logo estava de volta à sala, onde mudou de lugar sua mais nova aquisição, uma enorme poltrona da década de 1950 com capa estampada de botões de rosa. Consultou o relógio de pulso novamente. Haviam se passado exatamente cinco minutos.

"O Lawson's! Talvez Rosco tenha ido ao café esperando me encontrar lá. Talvez tenha havido um mal-entendido...", ocorreu-lhe.

Voltou, então, para a cozinha, pegou a lista telefônica e percorreu as páginas até encontrar o número do telefone da famosa cafeteria de Newcastle, relíquia da era das lanchonetes de fórmica cor-de-rosa.

– Oi! – exclamou alguém na outra ponta da linha. O Lawson's não primava pela cerimônia.

– Martha? – Quase podia ver a garçonete, sempre autêntica sob seu penteado na forma de favos de mel, apertada em suas roupas. – É Belle. Por acaso...

– Ele não esteve aqui hoje, querida. Já estava me perguntando quando é que os pombinhos iriam aparecer. – Martha conhecia todo mundo na cidade, sabia a que horas cada cliente comparecia ao café, bem como o que costumavam pedir. – Duas porções de bacon! – gritou ao cozinheiro. – Bem crocantes!

– Pode dizer a ele que...

– Claro. – A garçonete tapou o fone para falar com um cliente. Belle ouviu a caixa registradora se abrir e, então, a batida metálica da gaveta. – Todo noivo se apavora. Dê-lhe um pouco de espaço, querida.

A ligação se desfez antes que Belle tivesse a chance de indagar o que o conselho significava. Deixando a cozinha, sem perceber mudou a posição da nova poltrona ao passar. "Dê-lhe

espaço... Martha insinuou que estou sufocando Rosco? Será verdade?"
Deu mais um empurrãozinho na poltrona e retornou ao escritório. "Posso trabalhar, posso começar a construir uma nova grade de palavras cruzadas para o *Crier*. Não adianta nada perder tempo ruminando comentários casuais", dizia a si mesma. Mas todo aquele raciocínio era ilusório, e ela sabia disso. Martha vivia de antena ligada. Embora Newcastle fosse uma cidade relativamente grande, quase nada do que ali acontecia escapava à garçonete.

— Dê-lhe espaço... — repetiu, mas logo em seguida seus pensamentos mudaram de enfoque. — Espaço... — rascunhou a palavra em um pedaço de papel. — Tempo, capacidade, oportunidade, distância... Referência musical — acrescentou. — Aviação. — O tema para uma nova charada começava a fervilhar em sua mente. — *Perdidos no...*

O telefone tocou. Belle olhou as horas enquanto corria para atendê-lo. Eram onze horas e dois minutos.

— Rosco! Já estava preocupada!

Silêncio sepulcral na outra ponta da linha.

— Rosco?

— Lamento decepcioná-la, Annabella.

Belle forçou um sorriso.

— Pai! Que bom que ligou! Não estava esperando...

— É evidente que queria que fosse outra pessoa.

Belle endireitou os ombros.

— Pai, eu só quis dizer que não imaginava que nos falaríamos antes do dia do meu casamento...

— É exatamente por isso que estou ligando.

Belle enrijeceu mais a espinha enquanto dizia para si mes-

ma: "Já tivemos essa conversa sobre a opção 'questionável' que fiz por um detetive particular que não estudou numa das melhores universidades do país. Não quero mais tocar nesse assunto."
— Mas que tempo está fazendo aí na Flórida?
— Afável.
Belle ficou ainda mais contrariada. *Afável* não era uma condição que seu pai costumava reconhecer.
— Evidentemente, não estou fazendo interurbano para falar de meteorologia. Liguei para falar do seu casamento.
Belle quase grunhiu.
— Agradeço a preocupação, pai, mas gostaria que adiasse seu julgamento até conhecer Rosco. Ele é um bom homem, e eu o amo...
— O amor não é o único ingrediente do casamento, Annabella...
Belle contemplou a chuva cinzenta pela janela. A pobre cadelinha...
— Só estou lhe pedindo que pense bem, filha. Você errou da outra vez...
— Já pensei, pai.
O silêncio preencheu a linha telefônica. "Mais um empate. Jamais chegaremos a um acordo", concluiu Belle. Desviou-se da janela e vagou o olhar pelo escritório: os dicionários de línguas estrangeiras na estante, o seu dicionário de inglês favorito, a querida Enciclopédia Britânica de 1911. Eram as ferramentas de trabalho de uma editora de palavras cruzadas, mas também um legado. Fora criada de modo a valorizar o intelecto acima de todos os outros atributos e a acreditar que a formação acadêmica era a única base que realmente importava. Só podia lembrar-se de Rayanne, em contraste com a ladainha paterna.

— Ensinou-me a nunca julgar um livro pela capa, pai. Por que não espera para conhecer Rosco antes de avaliá-lo？

— A voz na outra ponta da linha não soou divertida.

— Eu me referia a trabalhos acadêmicos, Annabella. De qualquer forma, estou ligando para informar que não poderei comparecer à cerimônia. A ciática voltou a me incomodar, e temo que uma viagem longa de trem...

Belle encheu-se de alívio e sentimento de culpa, esforçando-se então para disfarçar a reação.

— Podia vir de avião — considerou.

— Nem pensar. Sabe que tenho pavor de voar.

— Mas é diferente hoje em dia, pai. Muito mais confortável...

— Só que ainda é inseguro!

Belle não retrucou. No que se referia ao perigo das viagens aéreas, seu pai sempre fora inflexível.

— Faça o que achar melhor, não quero que prejudique a saúde.

Conversaram por mais um minuto. O pai não voltou a criticar Rosco. Despediram-se com certa formalidade.

— Espero que melhore logo — declarou Belle.

— Seria uma viagem muito desgastante — foi a resposta reservada do pai.

Belle repôs o fone no gancho e não se surpreendeu quando o aparelho tocou logo em seguida. O resultado de insistir em ter apenas uma linha telefônica, sem nenhum dos modernos serviços e recursos disponíveis, era o eterno sinal de ocupado.

— Rosco? Desculpe, é que meu pai ligou... Onde está? Estava preocupada...

Chiados de rádio chegaram até ela, mas nenhuma voz se manifestou.

— Rosco? A ligação está muito ruim... — Aguardou uma resposta, mas nada ouviu. — Rosco?! Alô?

O silêncio persistia.

— Alô? Rosco?! — Belle esperou mais um instante e, então, desligou. — Esse pessoal do telemarketing não dá trégua nem no fim de semana?

CAPÍTULO

8

De pé a certa distância, Rosco observava o fotógrafo da polícia tirar chapas da mulher morta. O *flash* ricocheteava entre o asfalto molhado e as paredes do terminal rodoviário de Newcastle. A cada disparo, projetava-se nos tijolos amarronzados a sombra angular das duas escadas de incêndio nos fundos do prédio reformado do século 19, o ferro-batido cruzado parecendo imensas aranhas.

A luz brilhou pela última vez. Embora meio afastado, Rosco podia ver o rosto da mulher. Estava serena, quase sorrindo.

– Já sabem como ela morreu? – indagou a Abe Jones, que chegara ao local dez minutos antes de Rosco e Lever.

– Não mexi no corpo. Estou esperando Carlyle. É ele quem vai determinar a causa da morte. – Como se lesse os pensamentos de Rosco, o legista-chefe observou: – Ela parece bem tranqüila, não é mesmo?

– Bem, é o que a morte nos proporciona... – Lever tossiu. – Com sorte, a infeliz morreu de causas naturais... ataque cardíaco enquanto dormia. Dinheiro, identidade?

Jones negou.

— Nada. Também espero que tenha sido de causas naturais, mas a cena lembra demais a de ontem. Por isso, chamei-os antes que alguém tocasse em algo, mesmo sendo sábado. Lamento, chefe. — Jones apontou nas duas direções da rua estreita.

— Assim como no caso de Freddie, temos um beco praticamente deserto... ainda mais depois que escurece... e um cadáver em cama de jornais: o *Evening Crier* e o *Boston Sentinel*. A diferença é que não há sangue nem comida de cachorro.

— Nem garrafa de bebida. — Lever pegou o maço de cigarros.

— Nem garrafa de bebida. E a mulher não estava tão malvestida. As roupas estão molhadas e sujas, mas não rasgadas. O corpo exala um certo cheiro ruim, mas não por culpa dela. Botas velhas, mas já vi piores.

— Bastante enlameadas — observou Rosco.

— Talvez tenha passado pelo parque perto daqui. Vou colher amostras e comparar.

Lever aprovou.

— Quem a encontrou?

— Denúncia anônima. Mas a chamada foi rastreada, e também por isso mandei avisá-los com urgência. A ligação partiu de um telefone público na esquina da Rua 11 com a Hawthorne.

— Do prédio do *Crier*? — identificou Rosco, surpreso.

— Do telefone público na esquina em frente — esclareceu Abe Jones. — Fica a oito ou nove quarteirões daqui. Quem denunciou não queria estar nem perto da cena quando chegássemos. Já mandei alguém colher digitais na cabine, mas, se a pessoa se preocupou em ligar de longe, deve ter usado luvas também. E avisei a irmã Catherine, do Abrigo Santa Margarete, o albergue feminino. Ela e o padre Tom conhecem os moradores de rua melhor do que ninguém. Se não reconhecerem a mulher, teremos de procurar outros meios.

— Obrigado, Abe. — Lever dirigiu-se a Rosco. — Tem como encontrar esse tal de Gus de quem falou?

Rosco negou.

— Parece que ele vive perambulando entre Newcastle e Boston. Por quê?

— Para uma conversa, nada mais. Talvez conhecesse essa mulher.

— Bem, se ele ainda estiver em Newcastle, meu palpite é de que partirá assim que souber o que houve.

— Não vamos tirar conclusões precipitadas, Rosco. Ela pode ter morrido de causas naturais.

— Tomara que sim. — Jones indicou o outro lado da ruela. — Não olhe agora, Al, mas suas esperanças estão prestes a evaporar.

Olhando na mesma direção do legista-chefe, Rosco e Lever reconheceram Carlyle aproximando-se, com uma grande valise preta na mão direita e um guarda-chuva preto na esquerda. Se o casaco fosse de capuz, pareceria um ceifeiro. Quando os alcançou, o médico-legista indagou:

— O que temos? — Nada de saudação. Deu um olhar negligente para Jones e Lever; ignorou Rosco.

— Mulher não-identificada desta vez — respondeu Lever. — A esperança é de que tenha morrido de causas naturais.

Calado, Carlyle avaliou a cena. Olhou para o teto do terminal rodoviário, tomando um pouco de chuva no rosto, e então se concentrou na via estreita.

— Acho que não foi de causas naturais, não, Al. Parece mais um homicídio. A vítima não pode ter caído, nem pulado, e aterrissado nessa posição. Parcialmente sob a escada de incêndio, sobre jornais? – Meneou a cabeça. – Nem mesmo suicídio. Apostaria como ela arrumou a própria cama, assim como a vítima de ontem.

Carlyle pousou a valise no pavimento molhado, calçou as luvas cirúrgicas e se agachou junto ao cadáver.

– Coluna vertebral... arco neural... – Olhou as horas e fez uma anotação. – Coloração estranha, mas interessante. O hematoma quase desapareceu... Não sabem o nome? Endereço?

Lever negou.

– Tinha dinheiro? Objetos de valor?

Desta vez, foi Abe Jones quem respondeu:

– Nada. Pode ter sido um assalto frustrado.

– Nenhum sinal de luta, Abe. O rosto está sereno.

– Rosco e eu também reparamos nisso.

Carlyle mexeu-se um pouco, mas essa foi a única reação. Prosseguia como se nem tivessem mencionado Rosco.

– Só não estou gostando da cor dessa pele... Alguma coisa não bate. Temos uma vértebra cervical esmagada. Esta mulher foi apagada num piscar de olhos.

– Será que foi assassinada enquanto dormia? – considerou Rosco. – Golpeada na nuca? Algo assim?

O médico-legista não respondeu.

– E então, Carlyle? – pressionou Lever.

– É possível, mas não provável. O assassino teria de conhecer a fundo a anatomia humana... além de ser faixa preta em artes marciais, imagino. Mas, repetindo, é pouco provável. Se a mulher estivesse dormindo, o crânio estaria no nível do solo. Praticamente, não há flexibilidade na espinha...

— Quer dizer que não existe a possibilidade de ter sido um acidente? — Lever parecia esgotado; ainda nutria a esperança de não ter de abrir um segundo inquérito de homicídio em dois dias.

— De acordo com estes primeiros exames, não. Mas a autópsia poderá me desmentir. — Carlyle pegou o guarda-chuva que deixara com Jones. — Vou buscar o furgão. — No meio do beco, cruzou com irmã Catherine e um policial uniformizado, mal os cumprimentando.

Quando a freira chegou, Al estendeu a mão.

— Obrigado por vir, irmã. Creio que já conhece Rosco Polycrates, o noivo de Belle Graham, e este é Abe Jones, legista-chefe do departamento. — Então, apontou para o cadáver: — E esta pessoa é o motivo de estarmos aqui. A senhora a reconhece?

Num gesto automático, irmã Catherine recuou um passo. Então, foi para a frente, ajoelhou-se ao lado do corpo, fez o sinal da cruz e sussurrou algo no ouvido da morta.

— Desculpe apressar — pediu Lever. — Mas a senhora a reconhece?

A freira levantou-se e tentou eliminar a umidade dos joelhos.

— Não. Nunca a vi antes. Jamais esteve no nosso abrigo.

— Nem para uma refeição? Tem certeza?

— Lembro-me de todos que, um dia, já passaram nossas portas. — Irmã Catherine sorriu gentil para Rosco. — Assim como de todos os nossos voluntários.

— Conhece alguma outra instituição...?

A freira meneou a cabeça.

— Esta mulher não morava na rua, tenente. Tenho certeza de que chegarão à mesma conclusão.

— Parece ter muita certeza disso, irmã.

De novo, o sorriso pacífico.

— E tenho.

— Nesse caso, teria um palpite quanto ao motivo de ela ter-se deitado sobre jornais na ruela atrás de um terminal rodoviário, sem um centavo no bolso?

Irmã Catherine encarou Lever, o semblante cada vez mais compreensivo e compassivo.

— Agradeço a preocupação, tenente, e a tensão que sofre... ainda mais levando em conta o que aconteceu ontem, mas, passei a vida entre os carentes e desesperançados, crianças e adultos. Seus rostos são como mapas que mostram cada caminho que tomaram, cada decepção sofrida, cada erro cometido, cada esperança frustrada. Esta infeliz não vivia nas ruas.

— Sim, mas...

— Fiz-lhe uma prece e uma para o senhor e sua equipe também. Nada mais posso oferecer. Agora, agradeceria se alguém me levasse de volta à missão. Desculpe-me se estou sendo brusca, mas tenho muito trabalho... entre os vivos. — Tocou no braço de Lever de maneira definitiva. — É claro que sempre estarei disponível no Abrigo Santa Margarete, se quiser fazer mais perguntas ou se precisar conversar com as internas.

Lever alternou o olhar entre a freira e a morta. Ao se manifestar, foi em tom solene:

— Obrigado por ter vindo, irmã, e obrigado pelas preces. — Com isso, fez sinal ao policial que trouxera a religiosa.

Saindo do beco, os dois toparam com o furgão de Carlyle entrando de ré; irmã Catherine roçou a mão na lataria.

O médico-legista levou mais quinze minutos para concluir

os exames no local e carregar o cadáver no veículo, sempre em silêncio indiferente. Antes de partir, porém, dirigiu-se a Lever, indicando Rosco.

— Quer o relatório preliminar agora, ou vamos esperar até estarmos na delegacia, longe de pessoas que não pertencem ao departamento?

Lever suspirou. Já vira aquele filme. Quando no Departamento de Polícia de Newcastle, Rosco tivera alguns desentendimentos com Carlyle. O médico-legista ressentia-se dos métodos não-convencionais de Rosco; Rosco, por sua vez, achava que Carlyle trabalhava mal e que a cidade merecia algo melhor. Para piorar, mais de uma vez comprovou-se que Rosco tinha razão.

Mas o mais importante era preservar a paz e, naquele momento, Carlyle tinha precedência.

— Por que não vai dar uma volta, Polycrates? — sugeriu Lever.

— Mas não vá embora. Quero saber mais sobre esse tal de Gus.

Rosco percorreu a ruela, entrou no terminal rodoviário, foi até a banca de jornais e conversou um pouco com o vendedor. Comprou um exemplar do *Boston Sentinel*. Quando voltou ao beco, Carlyle já tinha ido.

— E então? — indagou a Lever.

— O que acha, Polycrates? Carlyle não tinha nenhuma novidade a acrescentar. Apenas reiterou que você é um grande imbecil. Não queria perder esta oportunidade de renovar o apreço que lhe tem.

— Interessante... — murmurou Jones, examinando o local de onde fora retirado o cadáver. — A cabeça da vítima estava apoiada na edição de hoje do *Boston Sentinel*. Todos os exemplares do *Crier* são velhos, mas o jornal de Boston é novo. Se soubermos a que horas abrem essa banca de jornal, o período provável da morte ficará mais estreito.

Triunfante, Rosco esclareceu:

— A banca fica aberta vinte e quatro horas. O *Sentinel* chega de Boston entre quatro e meia e cinco da madrugada, todos os dias, exceto aos domingos. O jornaleiro que está aí não se lembra de ter atendido uma mulher de casaco sujo, mas ele começou a trabalhar só às oito horas. Naturalmente, ela pode ter catado o jornal no lixo, ou comprado da máquina automática na esquina. Quem deduziu isso foi o vendedor, não eu. — Estendeu um pedaço de papel a Lever. — Caso ela não tenha comprado o jornal da máquina, este é o telefone do jornaleiro que trabalhou da meia-noite às oito.

— Que bom que aproveitou bem o tempo, Polycrates.

CAPÍTULO 9

Belle fitava desconsolada um armário da cozinha quase vazio quando soou a campainha. Agarrou uma lata de sopa de cogumelos, largou-a no balcão e gritou:

— Só um segundo! — E correu pela casa.

Era Rosco, com um jornal embaixo do braço. Belle o beijou. De tão concentrada nos próprios pensamentos, nem notou a expressão curiosa do noivo.

— Al não precisava mais de você?

— Contei a ele tudo o que sabia sobre Gus e Freddie, o envolvimento indireto de Sara, a cadelinha, os trabalhos voluntários na missão... Irmã Catherine foi ao local a pedido de Lever. Ela tem certeza de que a mulher assassinada não era uma moradora de rua.

Belle assentiu.

— É um alívio saber que não se trata de crimes seriais. No fundo, temia que os interesses mais questionáveis da cidade pudessem ter iniciado uma guerra contra os albergues.

Rosco mudou de assunto:

— Já almoçou?

Foram para a cozinha de mãos dadas.

– Podemos esquentar uma sopa de cogumelos – sugeriu Belle. – E comer queijo quente com torradas...

– Parece ótimo. – Rosco pousou o jornal no balcão. – Desculpe o atraso. Até telefonei, mas só dava ocupado.

– Meu pai tinha de promover mais uma diatribe antes do nosso casamento. – Ela abriu a lata de sopa e despejou o conteúdo em uma panela.

– Ele ama você, Belle. Está expressando os sentimentos da maneira que sabe.

– Concordo apenas com a última parte da sua análise, Rosco. Ele a segurou pelos ombros e fez com que se virasse.

– Pouco importa o que ele pensa de mim, da minha formação, família, trabalho... só me importa *você*. Eu te amo, vamos nos casar, e é a única pessoa a quem desejo agradar. Agora e sempre.

Belle o fitou nos olhos.

– Você é o melhor homem do mundo. Espero que saiba disso.

– Não somos nossas famílias, Belle.

– Eu sei.

– Nem nossos amigos.

– Bem, quanto aos *amigos*... há uma diferença. – Depois de dar ao noivo um beijo de gratidão, ela se desvencilhou e abriu a geladeira. – Não tem leite! Droga! Terei de diluir a sopa em água... Mas ainda vou fazer um curso de culinária básica, ah, se vou!

– Para aprender a comprar leite?

– Muito engraçado. Quero aprender a preparar refeições do zero.

– Ora, seus ovos *a la diàble* são uma delícia...

— Mas é só o que sei fazer, Rosco. O suficiente para manter corpo e alma vivos. Além disso, uma refeição requer mais do que isso.

Sonhadora, Belle mexia a sopa.

— Oh, quase me esqueci! Tenho ótimas notícias. Sinal positivo do comandante Lancia. Vamos nos casar em águas de Newcastle; ou seja, podemos requerer a bendita licença de casamento na segunda-feira bem cedo. Lancia não pode oficializar, mas Sara ficou de contatar um juiz de paz que ela conhece. Ela queria um juiz de Washington, veja só, mas consegui fazê-la mudar de idéia, o que não foi nada fácil, como pode imaginar. *Il capitáno* veio em meu socorro. Ele conseguiu aplacar a frustração de Sara por não recorrer ao seu querido amigo da Suprema Corte. Se Lancia um dia perder o emprego no *Akbar*, acho que terá grande chance como gigolô...

— É, parece que andou ocupada.

— E ainda não contei nem a metade. Se deixássemos, Sara organizaria todos os detalhes do nosso casamento, talvez até desempenhasse os dois papéis principais. — Belle fez uma pausa e olhou o noivo, pensativa. — Lamento que tenha se envolvido nesse caso da polícia. Não cai nada bem, na semana do casamento. Além disso, senti sua falta...

— Também senti sua falta.

— E nem sinal da cadelinha de Carson?

— Contatei o canil municipal, a Sociedade Protetora dos Animais e veterinários locais. Todos prometeram telefonar antes de... tomar qualquer atitude drástica. Agora, só nos resta esperar.

Belle parou de mexer a sopa, abriu de novo a geladeira e tirou um pedaço de queijo, que fatiou, distribuindo as tiras sobre as torradas. Era evidente, pela expressão distante, que não prestava atenção ao que fazia.

— Deve ser horrível estar perdida e faminta... — ponderou e, então, quebrou a seqüência, como era de seu feitio: — Páprica?

— Não tanto quanto da outra vez.

Belle apertou os olhos, com um ar divertido.

— Daquela vez, usei pimenta-vermelha por engano. Páprica não é tão forte.

Enquanto a noiva examinava sua coleção de temperos, Rosco abriu o jornal.

— *Abrigo de animais* — ele murmurou, mais para si mesmo. — Quatro letras...

Sem se dar conta, Belle respondeu:

— Toca.

— *Idioma?* — provocou o noivo.

— Linguagem, dialeto...

— Seis letras.

— Língua... Mas o que é isso? — Belle voltou-se e analisou o jornal. — Desde quando faz palavras cruzadas do *Boston Sentinel*? 7-vertical: *Abrigo de animais*. — Ela correu os dedos pela grade impressa. — Aqui é TOCA e, aqui embaixo, na 2-vertical é LÍNGUA.

Rosco concentrou-se nas dicas.

— Veja a 8-horizontal. *Anagrama de...*

— *Anagrama de spas* — murmurou Belle e continuou lendo as dicas. — Olhe aqui, 3-horizontal: *Local que se destina ao tratamento de obesos*, no plural... quatro letras... Espere, já sei! SPAS. E o anagrama pode ser ASPS, PASS ou SAPS.

Depois de uma pausa, Rosco disse:

— A morta foi encontrada com um exemplar de hoje do

Sentinel sob a cabeça. Aberto na página de tiras cômicas. As palavras cruzadas ficam no final dessa seção.

— Eu sei — replicou Belle com cautela.

— Foi por isso que comprei o jornal. Pode haver alguma ligação. — Rosco empurrou o periódico sobre o balcão, mas a noiva não o pegou. — *Anagrama* é parte de uma dica e lembra seu nome...

Belle o interrompeu:

— Rosco, vamos nos casar daqui a uma semana.

— E daí?

— O que isso significa?

— Que não quer falar de crimes em Newcastle?

Belle confirmou.

— Não é da nossa conta, Rosco. Não mesmo.

Inadvertidamente, ele olhou para o jornal outra vez.

— Não acha estranho haver um jornal de Boston no local do crime?

— Boston fica a menos de uma hora daqui.

— Mas aberto na seção de palavras cruzadas?

Belle continuava impassível.

— Coincidência. Nada mais. O que Al acha?

— Ele não reparou nisso. Nem Abe. Pense bem, Belle. Pode haver relação com o caso. Meu faro me diz... A mulher estava deitada sobre jornais velhos de Newcastle, mas a cabeça estava apoiada num *Sentinel* de hoje. Carson também improvisava a cama com jornais.

— Mas você disse que não havia relação entre um caso e outro...

— Foi você quem *deduziu* isso, Belle, depois que comentei que irmã Catherine não acreditava que a morta fosse uma moradora de rua.

Belle pensou um pouco.

— Tenho muito respeito pelas freiras, mas irmã Catherine pode estar enganada. Talvez a mulher tivesse se tornado uma sem-teto recentemente. Pode ter chegado aqui de ônibus ontem à noite, porque não queria ser vista mendigando na cidade natal... O orgulho é algo muito importante na nossa vida, à parte as circunstâncias financeiras.

Rosco não replicou.

Belle franziu o cenho e suspirou, externando um misto de frustração e culpa.

— Rosco, não quero me meter nisso. Não quero me preocupar com o padre Tom e as freiras. É egoísmo, eu sei, mas, nesta semana, quero me concentrar no nosso casamento, pensar numa cerimônia bonita e começar uma nova vida com você.

— Pode haver ligação entre as duas mortes...

Ela tocou no braço do noivo e o fitou no rosto.

— Se houver, Al descobrirá. E, se tiverem sido crimes, a polícia tomará as providências.

— Faça as palavras cruzadas, Belle. Levará só um minuto.

— Aí, você esquece tudo isso?

— Se não houver nenhuma dica relacionada às mortes...

Belle não gostou da resposta.

— Vamos fazer um trato. Primeiro, almoçamos. Depois, fazemos as palavras cruzadas. Se houver dicas, passamos tudo para Al. Fechado?

O RESGATE DO REI

A função secreta de Mata Hari	▼	▼	Sucesso de Elvis Presley	Canal estudado pela Potamologia	▼	▼	Oração católica	
Formato aproximado da Terra							Características de detetives	
Esse, em espanhol	▼		Bacia para o serviço da cozinha	▶			Anuros que coaxam no brejo	▼
Local que se destina ao tratamento de obesos (pl.)	▶			Peça de gaita de foles (Mœs.)	▶		▼	
▶					Filme de Kurosawa	▶		
					Abrigo de animais			
Filme de Sydney Pollack, com Tom Cruise (1993)	▶		Verificação escrita da eficiência do aluno		▼			
			Charles Aznavour, cantor francês					
		Alimento matinal nos EUA A (?): lhe		▼			A letra na roupa do Super-Homem	▶
Comer, em inglês								
Aero-náutica (abrev.)	▶	▼	Elemento musical	▶				
			Prenome de Pelé					
Impregnado de gordura	Tommy (?) Jones, ator	▶	▼	Anagrama de spas	▶			
	Idioma							
↳	▼				Qualquer erva, para os 'ndios	▶	Local de trabalho da dona de casa	
Um dos alimentos do tubarão-baleia		Formato da Lua quarto crescente		Parte do intestino grosso (Anat.)	▼	▶		
						"(?) Suede Shoes", de Carl Perkins		
↳		▼				▼		
Letra-símbolo maçônica	▶	Interjeição de alegria		Descer-rava (a porta)	▶			
		▼	Que te pertence (pl.)	◀	▼	Saco, em inglês	O dia 6 de junho de 1944 (2ª Guerra)	▶
▶								
Diz-se da pessoa teimosa								
Remunerações mensais pagas ao locador	▶							

BANCO

3/bag – eat – ese – lee – ran. 4/blue. 5/colon – espiã. 6/a firma.

CAPÍTULO

10

— Mas e a 4-vertical? — insistia Rosco. A tenacidade o mantinha de pé e inclinado sobre a noiva, enquanto ela terminava as palavras cruzadas do *Sentinel*. — E a 14-horizontal, pelo amor de Deus?

Belle baixou a caneta e encarou o noivo com indulgência.

— São palavras cruzadas temáticas, Rosco. Leia o título: "O resgate do rei". Quem elaborou teve o maior trabalho. A gente escolhe nomes de flores, ou capitais mundiais, estrelas de cinema, qualquer coisa, e descobre jeitos criativos de...

— Para começar, não gosto de nada que contenha a palavra *resgate*. E olhe a 4-vertical. Não é possível que não enxergue a ligação aqui.

— HEARTBREAK HOTEL? Significa apenas uma referência a Elvis Presley. Aliás, quem elaborou estas palavras cruzadas fez um ótimo trabalho. E olhe a 8-vertical: BLUE... *Blue Suede Shoes,* uma referência a Carl Perkins, que também gravou a mesma música.

— Gus Taylor chamou a Missão Santa Augustina de Heartbreak Hotel...

— São palavras cruzadas interessantes e desafiadoras, Rosco, mas só isso. Nada indica assassinato. E não se faz a menor referência a um crime serial ou...

Rosco grunhiu frustrado.

— 14-horizontal: CABEÇA DURA. Temos uma vítima do sexo feminino não-identificada, Carlyle determinou preliminarmente a causa da morte como...

Belle o interrompeu e o olhou com um ar divertido:

— Eu te amo, Rosco, e gostaria de dizer que esta charada tem algo a ver com a morte da pobre coitada, mas acho que estamos nos agarrando a fiapos.

— E o *Anagrama,* que lembra seu nome?

— Eu sei. Temos também *Características de detetives* na 10-vertical, e um filme de Sydney Pollack na 4-horizontal. Não quero me gabar, mas não tem conexão nenhuma aqui, meu amor.

Rosco suspirou com resignação e foi até a janela. Quase milagrosamente, as nuvens pesadas dos dias anteriores desapareceram, e a grama verde brilhava sob um céu azul resplandecente.

— Não custava nada tentar — resmungou.

— Não custava — concordou Belle e, afetuosa, acrescentou: — Mas Al, Abe e Carlyle já estão cuidando desses casos, Rosco. Seu trabalho é só se casar.

— Vi o *Anagrama* logo de cara...

Belle ergueu uma sobrancelha.

— Até hoje não entendi como um desastre em palavras cruzadas como você conseguiu elaborar aquela grade com proposta de casamento: QUER SE CASAR COMIGO, BELLE? TE AMO DEMAIS. Fiquei tão impressionada...

— Nunca vou contar. Quebre a cabeça.

Belle riu.

— Ah, mas eu ainda vou descobrir como fez isso.

Rosco deu-lhe um largo sorriso:

— Que tal darmos um passeio pela praia e, então, jantarmos no Athena?

Belle suspirou, mas o sentimento era de ansiedade.

— Podíamos visitar Cléo primeiro, ver como está a cozinha, e depois irmos passear. O que acha?

— Ela vai querer que jantemos lá.

— Disse que não somos a nossa família, Rosco.

— Eu disse, mas entrar na casa de Cléo é como se alistar nos Fuzileiros Navais. Pode até ir *voluntariamente*, mas sair é outra história. Ninguém vai a parte alguma antes de completar a viagem.

O telefone tocou. Instintivamente, Rosco atendeu.

— Sim? Alô? Alô? — Ele repôs o fone no gancho. — Telemarketing. A pessoa nem se deu ao trabalho de falar.

— Ocorreu-lhe que o telefonema podia ser para mim? — Apesar do sorriso, Belle falara friamente.

— Só porque um homem atende, não se fala nada? — Rosco tentou brincar.

— Não foi isso que eu quis dizer, Rosco, mas... bem, é que estamos na minha casa.

— Que em breve será nossa, certo?

Permaneceram em silêncio por um minuto, ambos tomados pela magnitude da nova vida que iriam iniciar. Era como se, até então, nem Belle nem Rosco tivessem pensado realmente em como seria viver juntos. Ela já antevia seus pequenos hábitos alterados para sempre: trabalhar o dia todo de roupão, com dicionários e enciclopédias abertos por todo lado e um cálice de licor na mão; enquanto o noivo despedia-se de suas rotineiras manhãs solitárias: o despertar com o rádio-relógio, a corrida, a chuveirada, a primeira caneca de café... tudo irremediavelmente transformado em pacata vidinha doméstica.

Então, a apreensão deu lugar à reflexão, e Rosco quebrou o gelo:

— Estamos falando de etiquetas para se atender o telefone, ou há algo mais?

Belle pensou um pouco antes de segurar a mão dele.

— Etiquetas...

— Que tal conversarmos sobre isso num jantar à luz de velas?

— Não disse que teríamos de jantar na Cléo?

— Vou me casar com você, Belle, não com os Fuzileiros Navais.

☐☐☐

Sharon estava em prantos quando Belle e Rosco estacionaram o carro na entrada da garagem de Cléo.

— Não imagina o quanto estou desolada... — desabafou, o rosto largo pálido de aflição. — Pensei que Geoff estivesse segurando...

Dividida entre ira e solidariedade, Cléo meneava a cabeça diante da caixa de papelão toda amassada. Geoffrey Wright assistia à cena de pé junto ao engate de sua picape.

— A gente encomenda outra — concluiu. — Não foi nada de mais.

Cléo explodiu:

— Mas quando é que vai chegar?

O artesão pensou e retificou:

— A gente diz que é urgente.

— Estragamos o casamento de Belle! — lamuriou-se Sharon.

Saltando do jipe, Belle sentiu o coração disparar ao ouvir aquelas palavras. Tentou sorrir, mas não conseguiu.

— O que foi que aconteceu? — indagou, apreensiva.

Cléo voltou-se para a futura cunhada.

— Geoffrey e Sharon foram buscar a *nova* lava-louça. Chegaram, prepararam-se para descarregar e... santa incompetência! Esses dois patetas deixaram cair da caçamba a máquina encomendada há dois meses!

— Foi culpa minha — reconheceu Sharon. — Pensei que Geoff...

Rosco analisou a expressão chocada de cada mulher.

— Ora, era só uma lava-louça. O importante é que ninguém se machucou.

Sharon recomeçou a chorar, enquanto Cléo fitava o irmão desgostosa.

— Acontece que era a única máquina que faltava, Rosco. Sem ela, não podemos montar os armários da cozinha. Lamento, Belle, mas teremos de transferir a festa para outro local. Talvez na casa de Ariadne... não, é apertada demais...

— Podemos usar pratos descartáveis — sugeriu Rosco. — Não precisa lavar, é só jogar tudo fora depois...

A irmã suspirou irritada.

— Mas vai ficar um *buraco* no meio do balcão, Rosco. Sem tampo!

Sharon completou:

— Não posso colocar o mármore antes de a máquina estar instalada. A pedra pode até trincar na hora de empurrar a lava-louça por baixo.

Belle não disse nada.

— Lamento o revés, Tinker Bell — declarou Geoffrey Wright, ainda esperançoso de conseguirem outra máquina. — Talvez lá pelo meio da semana...

— Impossível — afirmou Cléo. — Encomendamos com antecedência de...

— Direto da fábrica, Cléo. Mas os distribuidores costumam ter estoques grandes, e não será difícil...

Cléo continuava enfezada, mas Sharon já se reanimara um pouco.

— Bom, preciso ir a Vermont, ver se os carneiros estão vivos e o celeiro ainda está de pé. Podemos recomeçar na quarta ou na quinta-feira, o mais tardar. Tenho certeza de que lá pelo sábado...

Belle finalmente se manifestou:

— Acho melhor organizarmos a festa na minha casa, Cléo. Com um pouco de boa vontade...

Mas a irmã de Rosco não admitia a hipótese.

— Nem em sonho você vai entrar para a família Polycrates sem uma grande *bash* grega. Não se preocupe, Tinker Bell. Vamos terminar essa cozinha, nem que nos acabemos no processo!

CAPÍTULO

11

Carlyle estava em seu território. Para começar, era quase meio-dia de domingo e ele se encontrava na sala de autópsias do Departamento de Polícia de Newcastle desde antes das sete horas. Além disso, examinava o cadáver da mais recente vítima de homicídio na cidade, um corpo não-identificado, cuja causa da morte não era tão evidente quanto um golpe de paralelepípedo na cabeça. E o terceiro fator a contribuir para sua satisfação era o fato de não estar só. Al Lever também estava ali, obrigado a abrir mão de seu sagrado jogo de golfe no fim de semana em favor daquela *agradável* reunião. Só isso já proporcionava ao médico-legista um frenesi meio sádico.

Sorrindo consigo mesmo, Carlyle contemplou o cadáver azulado exposto sobre a gelada mesa metálica, rabiscou umas anotações e, então, acabou de saborear seu cheesebúrguer com a mão esquerda sem luva. Gotas de ketchup ameaçavam desprender-se da gordurosa embalagem de papel amarela.

— Bom... — elogiou, mas era evidente que não se referia ao lanche preparado na lanchonete da esquina.

— Não sei como consegue comer — criticou Lever, fumando

furiosamente. Embora fosse policial veterano, não tinha estômago para os odores de gás metano e ácido butírico que saturavam a sala de autópsias, mesmo sabendo que eram compostos orgânicos naturais. Deu mais uma longa tragada no cigarro.

– Hum? – O legista mastigava distraído.

– Como é que consegue comer diante de uma coisa dessas? Carlyle dirigiu ao tenente um olhar fugaz.

– É verdade que o hambúrguer esfria logo no laboratório. Eu não devia ter atacado as fritas primeiro, mas essas, sim, ficam péssimas depois que esfriam. Ossos do ofício... fazer o quê?

– Deu mais uma mordida no sanduíche, mastigou e engoliu ruidosamente, e só então retomou a prancheta. – De fato, houve trauma – anunciou, convencido. – Exatamente como desconfiei nos exames preliminares. – Liquidou o sanduíche, amassou a embalagem manchada de molho e limpou os dedos no guardanapo de papel, que também transformou em uma bola e atirou com precisão no cesto de lixo do canto da sala. O ritual parecia desproporcional ao drama do corpo presente. Lever percebeu que Carlyle evitava encará-lo.

– Os raios X não mentem, tenente. Principalmente em exposições de quinze minutos. Afinal, quem já morreu não precisa se preocupar com excesso de radiação. Resumindo: esta mulher levou um golpe violento por trás. Foi uma morte bem rápida, como imaginei. No enforcamento, a agonia é muito maior. As pessoas preferem não comentar, mas é a verdade...

– Quer dizer que podemos excluir a hipótese de estrangulamento?

– Totalmente. – Sempre de olhar baixo, Carlyle riu e meneou a cabeça, como se falasse com um aluno.

Al atentou às lâmpadas que iluminavam a sala aos pares, reparou no sistema de ventilação independente, nas fechaduras de segurança, nos detectores de movimento. Tudo para não pensar nos penetrantes odores de restos humanos, de hambúrguer grelhado e de batatas fritas gordurosas.

— A arma pode ter sido semelhante à que matou Freddie Carson? Um paralelepípedo, um tijolo, um macaco?

— Encontraram um macaco no local? — questionou Carlyle, finalmente encarando Lever.

— Não, foi só algo de que me lembrei.

— Bom, pode ter sido com um macaco, mas não com tijolo ou pedra, porque, nesse caso, haveria lesões de pele, sangue... — O técnico apontou para o cadáver. — A arma atingiu a base do crânio. Temos oito pares de nervos cervicais protegidos pelas primeiras vértebras cervicais. Se um desses ossos for esmagado, adeus. O dano foi causado por algo cilíndrico e liso, como um cano. Jones já colheu amostras de cabelos da nuca para análise... — Deu de ombros. — Tudo deixa pista... rastro. Talvez leve alguns dias, mas Abe saberá com certeza se foi um taco de beisebol, um macaco ou um taco de golfe. Ouvi dizer que os jogadores de golfe são pessoas sensíveis.

Lever não mordeu a isca. Em vez disso, apagou o cigarro em um prato de vidro que, no necrotério, chamavam de cinzeiro.

— Estou tentando estabelecer ligações, Carlyle. Trata-se de crimes em série? Tem alguém matando moradores de rua? As duas vítimas morreram com golpes na cabeça.

— Quem sabe? Especular motivos e métodos não cabe a mim. Mas dois indigentes aparecem mortos em áreas desertas de Newcastle em noites consecutivas... Se a polícia não estabelecer uma conexão, pode ter certeza de que a imprensa o fará. Mas por que não pergunta a Polycrates? Aposto como ele tem um monte de teorias sobre o assunto... teorias furadas, claro. – Após o arroubo de agressividade, o legista voltou a se concentrar no corpo em exame.

– Hora da morte?

O médico abriu novo sorriso.

– Essa é outra questão difícil, Lever. Mas vamos considerar o resfriamento ao ritmo de um grau Celsius por hora...

– Fale em linguagem compreensível, Carlyle, por favor – pediu o tenente.

– Todo corpo se resfria a um ritmo bem previsível. Neste local, nesta época do ano, consideremos dois graus Fahrenheit por hora...

– Ou seja?

– Bem, esta mulher já estava gelada quando cheguei ao terminal rodoviário, o que me confundiu bastante. A rigidez cadavérica veio e se foi, e eu devia ter reparado nisso durante os exames preliminares, mas me deixei levar pela data no *Sentinel*... acho que todos fizeram isso. – Carlyle evitava o olhar de Lever novamente. – Eis a verdade: esta mulher já estava morta muito antes de o jornal encontrado sob sua cabeça ter sido impresso.

– O quê?!

– Jones disse que o *Sentinel* chega à cidade entre quatro e cinco da madrugada, confere?

Lever confirmou.

– Esta indigente foi encontrada no sábado de manhã, com a cabeça apoiada num jornal do mesmo dia, mas ela já estava morta havia trinta e seis... quarenta e oito horas, talvez mais. A rigidez cadavérica se estabelece em cerca de seis horas e, normalmente, desaparece em trinta horas. A análise dos tecidos denunciou a presença de adipocera. É uma substância que se forma durante a decomposição do organismo.

— Mas então como é que o *Sentinel* de sábado foi parar debaixo...?

— Sou apenas o médico-legista, tenente. Não sou investigador, mas o bom senso sugere que a desconhecida não morreu lá atrás do terminal rodoviário. Passou um tempo no freezer e depois foi depositada lá.

☐☐☐

Quando a campainha tocou, Belle raspava de uma tigela de vidro vermelha o restante do creme de maionese com que recheava o último ovo cozido cortado ao meio.

— Só um minuto! — gritou, lambendo os dedos e sorrindo para sua obra de arte: doze perfeitos ovos *à la diable*. Existia entrada mais gloriosa? Lavou as mãos na pia e apressou-se na direção da porta da frente, abanando feliz um pano de prato pelo caminho.

— Desculpe — foi falando, ao abrir a porta. — É que eu estava cozinhando... não bem cozinhando, mas...

Não havia ninguém à espera.

Belle destrancou a porta de tela e espiou a varanda vazia. Nenhuma alma à vista, ninguém passando na calçada, nenhum carro percorrendo a rua. Só três pardais empenhados em capturar alimento no jardim.

— Olá! Tem alguém aí?

Saindo à varanda, quase pisou em uma comprida caixa de

papelão branca amarrada com uma linda fita azul e creme. A embalagem parecia perfeita para doze botões de rosa de cabo longo!

Abaixou-se, pegou a caixa e retirou de dentro do minúsculo envelope o cartão: "Para Belle, de um admirador secreto."

— Rosco? Rosco? Fiz ovos *à la diable*... — Como não teve resposta, ergueu a voz. — Vai ficar com fome escondido aí no jardim!

Novamente, foi saudada pelo silêncio.

— Está bem, seu teimoso — cedeu Belle, risonha. — Vou deixar a porta aberta, para o caso de você mudar de idéia.

Cantarolando, entrou em casa com o presente.

— Ué, está meio leve para rosas... — Na cozinha, pousou a caixa no balcão e só então notou, desolada, que o papelão branco estava meio amassado, como se tivesse feito uma terrível viagem. Pensando que as rosas podiam ter se quebrado, ela desatou a fita com cuidado e puxou a tampa. Sobre o forro de papel de seda verde, não havia rosas, nem lilases, nem orquídeas. O que havia era um jogo de palavras cruzadas feito a mão.

Belle meneou a cabeça e sorriu.

— Mais uma invenção romântica de Rosco. Se bem que eu teria preferido flores.

SÓ O COMEÇO

Clues:

- Filme de suspense, de 1987, com Michael Douglas e Glenn Close
- (?) do éden, região da qual foram expulsos Adão e Eva (B'b.)
- Agente da alergia respiratória
- Comédia dirigida por Leslie Caron
- Filme dirigido pelo cineasta francês Roger Vadim, em 1960
- Obra do escritor Ernest Hemingway
- Trecho de filme exibido antes do lançamento
- Terceira pessoa do singular
- Demais, em inglês
- Joga; arremessa
- Substância do polimento de metais
- Peça do equipamento de equitação
- Filme policial com Steven Seagal
- Mingau, em inglês
- Formato de alguns sofás em módulos
- (?) de Queirós, escritor português
- Editar, em inglês
- Medida essencial à eficácia do remédio
- Unidades menores do iene
- Elemento masculino da flor
- Venturosos
- Brinde de revistas
- Filme de Pedro Almodóvar (1986)
- Final de oração católica
- "O (?) do Menino Dourado", filme
- (?)-8, grupo de países ricos
- Romance de Émile Zola
- Maurice Ravel, compositor
- Unidade de indução magnética (símbolo)
- O sonho da mulher romântica
- Ave australiana sem penas caudais
- Resposta comum do pai repressor
- Gíria para revólver
- Como fica o carro estacionado na ladeira
- A da pele é motivo de preconceito para algumas pessoas
- BANCO

3/sen. 4/caol – edit – mush – over. 5/casar.

CAPÍTULO

12

— "Só o começo" — murmurou Belle, sorrindo. — Bom título para uma charada pré-nupcial. — Inconscientemente, passou a cantarolar e, então, a cantar uma música do musical da Broadway, *Gypsy*. Quando atingiu o ápice, e a lisonjeira mensagem das palavras cruzadas, parecia Ethel Merman em pessoa. — Tudo será rosas! — exclamou o título da canção e pensou que era bem apropriado! Tinha de descobrir quem havia elaborado aquela grade para Rosco. Ele estava indo longe demais com o seu segredinho. Completamente esquecida dos ovos, correu ao escritório com as palavras cruzadas e pegou uma caneta.

— Títulos de filmes... isto vai ser divertido — falava para si mesma enquanto escrevia. — 5-vertical: *Comédia dirigida por Leslie Caron*, CASAMENTO GREGO; a solução da 5-horizontal é ACIMA DA LEI; 2-vertical: ATRAÇÃO FATAL... — Fez uma pausa. Embora bem construídas, aquelas palavras cruzadas perturbavam um pouco. — 7-vertical: ROSAS DE SANGUE.

Com um arrepio percorrendo-lhe a espinha, Belle deixou a caneta de lado e fitou o papel à sua frente. Mensagens agourentas apareciam na 10-horizontal e na 10-vertical. Enquanto mur-

murava palavras sem sentido, chegava a uma conclusão assustadora. Aquela charada não era um engenhoso presente de Rosco; tratava-se de um aviso ameaçador, enviado diretamente a ela. ATRAÇÃO FATAL, ROSAS DE SANGUE, MATADOR... Um jogo de palavras cruzadas embalado numa caixa de flores! Belle agarrou o telefone e digitou o número de Rosco.

— Pode se encontrar comigo no Lawson's? — perguntou assim que o noivo atendeu.

Rosco percebeu de imediato a tensão em sua voz; nem se atreveria a provocá-la quanto ao sagrado passeio de todos os domingos.

— O que aconteceu?

— Alguém pôs um jogo de palavras cruzadas numa caixa de flores e deixou na minha... — Belle interrompeu-se bruscamente. — Jesus, deixei a porta aberta!

— Belle? Espere! O que está acontecendo?

Mas a conexão se desfizera.

☐☐☐

— Por favor, nunca mais faça isso, está bem? Quase me matou de preocupação, Belle. Liguei de novo, mas você tinha deixado o fone fora do gancho. Não sabia o que pensar!

Belle estendeu a mão sobre a mesa da cafeteria e tocou nos dedos do noivo. Estavam ambos tão inclinados para a frente que suas testas quase se tocavam. Jaziam no meio do caminho dois cardápios plastificados.

— Desculpe. Nem pensei. Achei que eram rosas e que você tinha se escondido no jardim até eu ver as palavras cruzadas. Aí, comecei a preencher os quadradinhos e percebi que...

Rosco apertou-lhe a mão.

— Conte de novo o que aconteceu. Desde o começo.

Belle refez o relato, inserindo todos os detalhes de que se lembrava.

Rosco a interrompeu um pouco:

— Tinha o nome da floricultura no cartão ou na caixa?

— Não reparci. Achei que era presente seu. Era uma caixa branca, meio amassada e arranhada. Cheguei a pensar que as flores tivessem se quebrado...

— Continue.

— Não devia ter deixado a porta escancarada daquele jeito.

Sério, Rosco fez pausa antes de concordar:

— É, não devia. Você andou aparecendo muito na mídia, até brincamos a respeito, mas... Foi até manchete num jornal inglês: "Rainha das Charadas ajuda a polícia", sem falar na entrevista publicada na revista *Personality*. É o tipo de publicidade capaz de fazer uma mente desequilibrada se fixar em você... — Nem completou a idéia. Em vez disso, propôs: — Vamos dar uma olhada nessas palavras cruzadas. Você falou tão rápido que não gravei tudo.

— Não é melhor ficar do meu lado? — sugeriu Belle, manhosa.

O noivo fingiu hesitar.

— O que é que a Martha vai dizer?

Como se aguardasse a deixa, a garçonete apareceu, com seu penteado impecável e o uniforme farfalhando de determinação.

— Muito bem, pombinhos, desgrudem-se. — Preso nas madeixas encontrava-se um lápis, que ela removeu para anotar o pedido. — O que vai ser?

— Ainda não escolhemos — informou Rosco, quase se desculpando. Martha intimidava.

A garçonete suspirou inconformada, a *lingerie* aparecendo sob o uniforme de náilon cor-de-rosa.

— O de sempre, então. Queijo grelhado para o rapaz; torradas para a mocinha. — Tomou os menus antes que Rosco ou Belle pudessem protestar e se foi, reclamando por sobre o ombro: — Aquele seu amigo Lever deveria fazer algo por esta cidade, viu, Rosco? Onde já se viu, indigentes sendo assassinados enquanto dormem! Eles já têm problemas bastante sem amanhecer mortos...

Belle relaxou um pouco o semblante apreensivo.

— Talvez Al devesse encarregar Martha de pegar os criminosos. Parece que ela sabe tudo o que se passa na cidade.

— Não sei bem por quê, mas não consigo imaginar os dois trabalhando juntos.

Belle riu.

— De fato, o uniforme cor-de-rosa chamaria um pouco de atenção naquele carro marrom dele sem marcas da polícia.

— Acho que isso seria o de menos.

Permaneceram em silêncio por algum tempo, no meio do burburinho típico dos domingos na lanchonete: crianças alvoroçadas com os avós, adolescentes dando risadinhas, um grupo de senhores mais velhos contando piadas e "causos". Havia ainda o tilintar das louças e talheres, as garçonetes passando os pedidos ao cozinheiro, e o antiquado sino na porta a anunciar cada entrada e saída.

Rosco deixou o seu lugar e foi se acomodar junto da noiva.

— Vamos ver as palavras cruzadas agora ou depois?

Em vez de responder, Belle tirou a charada da bolsa.

— "Só o começo" — leu em voz alta, apontando para o cabeçalho. — Tinha gostado do nome. Passou às dicas temáticas. — Trata-se de filmes e também de livros... muito bem montados: diretores, atores, atrizes. A dica da 8-vertical é *Obra do escritor Ernest Hemingway*; a solução é O VELHO E O MAR. A solução da 10-vertical superior é TRAILER, mas veja estas aqui... a 10-horizontal e a 10-vertical inferior...

— RAPTO, MATADOR — Rosco leu e empertigou-se. Olhando pela janela, viu carros estacionados, pedestres saltitando. — Não estou gostando nada disto.

Belle demorou um pouco para responder; sempre fora otimista.

— Será que não é só brincadeira de mau gosto? Afinal, não fui ameaçada de fato...

— Mas ficou apavorada o suficiente para sair de casa, Belle.

— Eu sei. Mas talvez estejamos exagerando...

— As ameaças adotam os disfarces mais variados. RAPTO pode ser considerado uma; assim como ATRAÇÃO FATAL e MATADOR. Além disso, tem esta aqui: O VELHO E O MAR. Algo me diz que estamos lidando com uma mente psicótica, ainda que se trate de brincadeira de mau gosto. Quero dizer, quem aterrorizaria uma pessoa só por prazer?

Belle refletiu a respeito.

— Será que estas palavras cruzadas têm algo a ver com aquelas do jornal de ontem?

Rosco pensou.

— Essa hipótese me deixa ainda mais apavorado do que a idéia de um maluco entregando falsas caixas de flores.

Belle o fitava com o cenho franzido.

— Se houver relação, Belle, significa que alguém está nos

vigiando... espiando pelas janelas... algo assim. Chego com palavras cruzadas na tarde de sábado. Trabalhamos nelas... No dia seguinte, o psicopata faz chegar a suas mãos sua própria contribuição sinistra...

— Eu considerava uma relação com o provável homicídio de ontem.

— Não entendi.

— Você percebeu semelhanças entre as duas mortes, Rosco: os jornais sob os corpos.

— Está sugerindo que esta charada feita a mão é continuação das palavras cruzadas que saíram no *Sentinel*?

— Não sei; mas acho plausível. Só que, para dar tão certo, o editor de palavras cruzadas do jornal de Boston teria de estar conivente com o esquema... — Belle fez pausa. — Esqueça. Conheço Arthur Simon. Ele não faria isso.

— Não, essa mesma possibilidade me ocorreu ontem, quando comprei o *Sentinel*. Mas, depois que fizemos as palavras cruzadas, achei que não tinha nada a ver...

— Espere! Voltemos à primeira suposição, por mais desagradável que seja, de que a pessoa que entregou a caixa de flores sabia do crime de ontem, talvez o tenha testemunhado, depois viu você no local, viu você comprar o *Sentinel* e então criou as palavras cruzadas com um significado codificado. Alguma mensagem que não conseguimos decifrar?

Rosco analisou a teoria.

— Trouxe as palavras cruzadas do *Sentinel*?

O rosto de Belle iluminou-se pela primeira vez em vários minutos.

— Sempre preparada! — vangloriou-se.

Colocaram os dois jogos de palavras cruzadas lado a lado e procuraram correlações. Belle chegou a inverter as diagonais e a virar as grades de ponta-cabeça. Não surgiu nada que chamasse a atenção.

— Desisto — cedeu ela, por fim.

Rosco meneava a cabeça.

— Acho melhor adiarmos o casamento, só por uma ou duas semanas...

Belle arregalou os olhos.

— Por quê?

— Se está visada... e acho que está, depois dessa caixa de flores, não deve se expor numa cerimônia pública. Psicopatas são psicopatas. Gostaria de descobrir quem é, antes de baixar a guarda.

— Mas não vai ser público, Rosco. Estaremos a bordo do *Akbar*, e depois, com sorte, teremos a festa na casa da Cléo. Além disso, Al estará conosco o tempo todo. — Belle forçou uma risada descontraída. — Tenho certeza de que nem de fraque ele vai abrir mão da arma.

— Por isso mesmo, vamos nos casar no *mar*...

Martha chegou com os pratos.

— Quem sabe agora melhoram essas caras.

Belle e Rosco trocaram um sorriso, mas era difícil relaxar. Nem tocaram no lanche.

— Não podemos adiar o casamento, Rosco. Seria dar vitória ao demente. E deve ser só isso o que ele quer: transtornar, exercer algum poder.

Rosco caiu novamente em silêncio. Então, recomendou:

— Quero que tome cuidado. Não abra a porta para estranhos. Não ande sozinha em ruas desertas. Preste atenção a quem está por perto, o tempo todo. Se o psicopata sabe do nosso casamento, o que é bem provável, os próximos seis dias serão críticos. Se não obtiver a reação esperada à primeira charada, ele passará à fase seguinte do plano. Quem sabe o que poderá ser?

Belle era um poço de dúvidas, mas sabia o porquê daquilo tudo: toda celebridade, por menor que fosse, tornava-se um alvo.

— O que vamos fazer agora?

— Vou informar Al.

Belle já ia discutir, mas Rosco a calou.

— Lever acha que você foi a melhor coisa que podia ter me acontecido, Belle... e concordo com ele. Devemos informá-lo.

— Não quero uma viatura da polícia acampada na minha rua, Rosco. Seria ridículo!

Ele pensou.

— E poderia até piorar a situação. O demente pode achar que você se assustou de verdade e querer se divertir ainda mais. Al saberá escolher o melhor tipo de vigilância.

Belle não se conformava.

— Vigilância!

— Vou visitar umas floriculturas agora à tarde. Quanto a você, ficaria mais sossegado se dormisse na casa de Cléo ou Sara.

Desta vez, foi Belle quem apreciou a rua.

— Não posso, Rosco. Sou independente demais para pedir guarida na casa de outra pessoa. Ficarei bem. Garanto.

— Posso dormir lá...

— Vai se instalar lá de vez, depois do sábado.

— E se mudar de idéia, depois de tirarmos a licença de casamento amanhã?

Belle sorriu e apertou a mão do noivo.

— Ficarei bem, Rosco. Não se preocupe.

Martha reapareceu, acompanhada dos aromas picantes da cozinha.

— Mas o que há com vocês dois? Estão tão apavorados assim com o casório? — contemplou os pratos frios em desaprovação. — Não podem dar torradas ao cachorro.

Foi Rosco quem respondeu:

— Não temos cachorro, Martha.

CAPÍTULO

13

Os perfumes eram tão intensos que fizeram Rosco espirrar. Não uma, mas duas vezes. Era uma reação quase rude naquela atmosfera rarefeita de anêmonas, alfazemas, lírios-do-vale, ramos de lilases brancos, galhos de cerejeiras e macieiras, e uma profusão de outros tesouros florais de estufa. Ele espirrou de novo e tirou do bolso um lenço de papel amassado. Tinha certeza de que ainda derrubaria no chão algum vaso ou outro recipiente. Soltou um quarto espirro, ainda mais escandaloso.

– *Gesundheit.* – A mulher que falara tinha os cabelos de um tom extremamente vermelho. Trajava blusa verde-limão agarradíssima e calças igualmente colantes. Parecia ter entre 40 e 50 anos, mas Rosco apostaria como ela declararia ter 30 e poucos, quando, na verdade, era mais velha. – Você é alérgico a flores... E eu vivi entre elas a vida toda. Em que posso ajudá-lo? Não, deixe-me adivinhar: brigou com a esposa.

Rosco parecia pasmo demais para falar.

– Está escrito na cara – prosseguia a ruiva. – Um bonitão como você entra na loja, não sabe nem o que quer... Nunca tinha comprado um ramalhete para a mulher antes. De repente, vê-se alojado na casa do cachorro e tem de arranjar um jeito de voltar para a cama quente. Acertei?

— Não — declarou Rosco. — Não sou casado. — Antes que acrescentasse o "ainda", a ruiva emitiu um silvo agudo.

— Jura? Um gato feito você? Não posso acreditar. Sou Faye. A proprietária. — Então, como se trabalhar no fim de semana não conviesse a seu status elevado, explicou: — Quem mais poderia tocar o negócio num domingo à tarde? Nesse caso, só pode estar indo visitar alguém no hospital, senhor...

— Polycrates. Rosco Polycrates. Sou detetive particular.

Faye pareceu se transformar. Operando freneticamente a caixa registradora, sacudia a cabeleira sobre os ombros trêmulos.

— Juro que não tive nada a ver com o que aquele garoto tonto fez. Já disse isso à polícia. E também aos federais.

Rosco abriu a boca para falar, mas foi atropelado pela seqüência do discurso.

— Olhe, a gente contrata pessoas pensando que são honestas. Está bem, está bem: ele era uma gracinha, mas não foi só por isso que lhe dei emprego. Quando ele sumiu, também fiquei surpresa. E não, nunca mais ouvi falar dele. Fazer o quê? Eles passam a mão no que podem e dão no pé. Sem sorte no amor, o que posso dizer?

Quando a mulher finalmente começou a baixar a rotação, Rosco conseguiu inserir uma fala:

— Não sei do que está falando. Só estou tentando descobrir de onde saiu uma encomenda que foi entregue hoje por volta do meio-dia.

Faye reteve o fôlego e estreitou o olhar; o mal-entendido a abalara profundamente.

— Pois devia ter deixado isso claro no instante em que pisou aqui, senhor.

Rosco apenas deu de ombros.

— Uma caixa branca, para rosas de cabo longo. Um dos cantos estava descascado, como se tivessem arrancado o selo adesivo da floricultura. Você cola uma etiqueta com o nome da loja nas suas encomendas?

— Claro que sim, mas esse tipo de caixa é fornecido por um atacadista de Lennox. Todas as floriculturas da cidade vão buscá-las no mesmo lugar; provavelmente, metade dos estabelecimentos do gênero na Costa Leste. Só eu já despachei três pedidos de rosas de cabo longo hoje, até agora. Qual o endereço?

— Captain's Walk.

— Não saiu daqui. Lamento.

— A caixa estava atada com uma fita azul e creme...

Faye expressou desconsolo.

— Que parte do *não* você não entendeu? A encomenda não saiu desta loja. Há semanas, não despacho nada para esse endereço. Além disso, não uso fitas de tom pastel; são tão sem graça. Gosto de vermelho, fúcsia, púrpura, rosa... Mas está no caminho certo. Veja, os floristas se identificam pelas fitas. Pode chamar de assinatura, porque, se pensar bem, perceberá que não há muita diferença entre as flores... Uma rosa é uma rosa etc. etc. Esqueça a caixa e concentre-se na fita. Quer dizer que não havia selo nem cartão?

— Não com o nome da floricultura.

— É mesmo muito estranho. Eu nunca fiz nenhuma entrega sem o selo da loja. Como acha que consigo mais e mais clientes? Mas o que foi que aconteceu? Tem alguém tentando roubar sua garota? Um admirador misterioso?

A possibilidade provocou um leve arrepio em Rosco. Recompôs-se com um sorriso forçado.

— Que floricultura será que usa fitas azul e creme?

— Trouxe a fita?

— Está no carro. Vou buscar.

Rosco já ia saindo, mas a dona da loja o deteve.

— Não precisa. Tente a Holbrook's. Fica na Paine Boulevard. Está lá há séculos. O sr. Holbrook deve ter cerca de 90 anos, se ainda estiver vivo. É uma cor de fita que ele usaria. Atende a muitos funerais. As rosas eram vermelhas ou amarelas?

— São as duas únicas opções?

— Bem, tratando-se de cabo longo, noventa por cento são de uma ou outra cor. De vez em quando, brancas.

— A caixa estava vazia.

Faye caiu na gargalhada.

— Foi isso o que sua namorada disse? Está mais a perigo do que imagina, meu caro.

☐☐☐

Rosco levou quinze minutos para chegar à floricultura Holbrook. A loja em si era quase idêntica à de Faye em diversidade de flores e aromas. Entretanto, instalada em um prédio de quase duzentos anos, transmitia uma paz e serenidade ausentes na loja anterior. Com pé-direito baixo, as paredes tinham antigos lambris de mogno que pareciam imitar a penumbra da selva sul-americana de onde provinham. Em meio ao apêndice de latão polido, a caixa registradora antiga reinava onde já deveria haver um microcomputador. Mas era evidente que o sr. Holbrook atendia aos cidadãos mais abastados de Newcastle, e Rosco imaginou quantas vezes Sara Crane Briephs já teria prestigiado a floricultura.

O sino da porta chamou a atenção do vendedor, um homem próximo dos 40 anos que usava calça cinza e camisa azul-clara com punhos franceses adornados por conservadoras abotoaduras de motivos náuticos. Gravata-borboleta azul-marinho e suspensórios de seda azul no mesmo tom completavam a imagem.

– Boa tarde, senhor. Em que posso ajudar?

A formalidade do sujeito chegava a incomodar Rosco. Mostrou a fita azul e creme.

– Gostaria de saber se isto saiu da sua loja.

– Sem a menor sombra de dúvida. Aliás, eu mesmo fiz o laço.

– Parece ter muita certeza. Não quer olhar melhor?

– Não é preciso. É uma fita da Holbrook, que importamos diretamente de Paris, e reconheço meu trabalho. Era uma encomenda de rosas de cabo longo.

– Estou impressionado – foi tudo o que Rosco conseguiu dizer.

– O autor de uma obra de arte sempre a reconhece facilmente. Posso saber a que se refere tudo isso? – O homem olhou as horas e encarou Rosco com o sorriso vexado de quem acabara de cometer uma gafe. – Lamento, é que vamos encerrar em cinco minutos. Aos domingos, fechamos mais cedo. Mas, por favor, não se apresse...

– Sou detetive particular. – Rosco ofereceu um cartão de visita. – É que uma amiga minha recebeu uma caixa de rosas com esta fita hoje e estou tentando descobrir quem entregou.

– Não fizemos nenhuma entrega de rosas de cabo longo hoje.

— Tem certeza?

— Absoluta. Além disso, sempre anexamos um cartão.

— Mas disse que fez o laço com esta fita.

O homem pegou a fita e a examinou com acuidade. Após alguns segundos, confirmou:

— Com certeza, eu fiz o laço, mas *quando*... isso já é mais difícil de determinar. Disse que foi entregue hoje?

— Exatamente.

— Não por nós. Como era o entregador?

— A caixa foi deixada na varanda.

— E não viram o furgão de entregas, creio.

— Não.

— As rosas estavam frescas? Talvez tenham feito a encomenda há dias, e então trocaram as rosas. Eram amarelas ou vermelhas?

— Não havia rosas.

— Mas o que havia na caixa, então, posso saber?

— Praticamente, estava vazia.

O vendedor ficou chocado.

— E acha que a Holbrook teria se esquecido de colocar as rosas na caixa?

Rosco guardou a fita no bolso e coçou a cabeça.

— Não. Só estou tentando entender.

— Bem, senhor... — O homem leu o cartão de visita de Rosco, a boca curvando-se para baixo em desdém. — Senhor Polycrates, na minha opinião, alguém pegou uma caixa de Holbrook descartada e a usou para pregar uma peça na sua amiga. É fácil tirar o laço e recolocá-lo depois.

— Pode ser. Quantos pedidos de rosas de cabo longo atenderam esta semana?

O vendedor foi para trás do balcão e abriu um pequeno fichário. A tampa erguida impedia Rosco de ver o conteúdo, mas era evidente que o sujeito checava os registros de vendas.

— Foram seis pedidos de rosas de cabo longo esta semana, e entregamos todos. Ninguém veio buscar na loja.

— Poderia me fornecer os endereços?

— Só pode estar brincando! — O homem fechou a caixa. — Esse tipo de informação é altamente confidencial. Com certeza, percebe que nem todos que encomendam flores, ainda mais rosas de cabo longo, mandam entregá-las ao cônjuge.

— Sim, percebo. — Rosco consultou o relógio de pulso. — Quer dizer que, aos domingos, fecham às três?

— Exatamente.

Rosco abriu um meio-sorriso.

— Nesse caso, já passou da hora. Quer que eu tranque para você? — Caminhou até a porta frontal, passou a tranca e voltou-se. — Agora...

— Senhor, isto é totalmente irregular...

— Mais do que pode imaginar. É que vamos *negociar* agora, e o ideal é ninguém nos perturbar. — Rosco abriu a carteira e pousou duas cédulas no balcão. — Estou procurando algo especial para minha noiva, e disposto a pagar duzentos dólares. Será que o que procuro não está lá no depósito?

O vendedor contemplou o dinheiro por quase um minuto antes de guardá-lo no bolso da camisa.

— Vou dar uma olhada. — Empurrou o fichário para Rosco e saiu pela porta dos fundos. Quando voltou, cinco minutos depois, a caixa de cedro estava aberta e o cliente desaparecera.

CAPÍTULO

14

Belle andava pela casa toda, tensa e ansiosa. Ao menor barulho, sobressaltava-se, imaginando tipos estranhos esgueirando-se a fim de espiar pelas janelas. "Preciso me controlar! Quem seria doido a ponto de se esconder no jardim dos outros numa linda tarde de domingo como esta? Os vizinhos devem estar aparando a grama, cuidando do jardim", pensava ela.

Nem um pouco convencida, continuou percorrendo os cômodos do térreo. Na terceira volta, subiu a escada, entrou na suíte e apreciou a banheira lindamente azulejada em preto-e-branco. Com um suspiro irritado, retesou os lábios e voltou ao térreo, batendo os pés nos degraus. "Estou me comportando como uma criança mal-humorada", pensou, mas nem assim sentiu arrefecer a incômoda sensação de vulnerabilidade. Como cogitara Rosco, podiam estar sendo espionados.

No escritório, olhou pelas janelas como se desafiasse um par de olhos invisíveis.

— Mas isto é ridículo! — desabafou. — Não sou nenhuma covarde. Não ficarei prisioneira em minha própria casa.

Com determinação renovada, voltou para a sala, pegou a

jaqueta de brim bege que mantinha no armário, escancarou a porta e... paralisou-se. Ninguém na rua, os jardins dos vizinhos estavam desertos, e seu próprio terreninho de flores e grama carecia de movimentação, a não ser por passarinhos e esquilos, insetos e minhocas. RAPTO, recordou. Se alguém pretendia raptá-la em plena luz do dia, a Captain's Walk, naquela sonolenta tarde de domingo, era o lugar perfeito. Deixou escapar um lamento de frustração.

Fechou a porta, largou a jaqueta no sofá e arrastou-se de volta ao escritório.

– RAPTO – repetiu, abrindo o dicionário. – "Raptar é um crime em que se utiliza a violência ou ameaça" – Belle leu em voz alta. – E pode envolver dinheiro, a vítima é quase sempre pessoa influente, perfil ao qual não correspondo, em absoluto –, raciocinou.

Fechou o dicionário com brusquidão. Será que as palavras cruzadas queriam transmitir outro tipo de alerta? Força ou fraude... Haveria alguma mensagem oculta nas referências mais óbvias a sangue e morte? Belle desdobrou a charada e analisou novamente as dicas. Na 15-horizontal, a pista era *gíria para revólver*. SEN era a solução para a 9-vertical: *unidades menores do iene*. Mas "sen" era também abreviatura de senador, e o senador Hal Crane era o abastado irmão de Sara. Rosco não era uma vítima de rapto, pelo mesmo motivo que Belle. Se o criminoso queria dinheiro, teria de procurá-lo em outra parte.

Belle recostou-se e refletiu.

– Senador Crane – murmurou. O ilustre irmão de Sara Crane Briephs em cujo iate ela e Rosco iriam se casar.

Estendeu a mão para o telefone, querendo falar com Sara,

ainda sem saber como avisar que poderia estar em andamento um plano para seqüestrar o senador. Antes que tirasse o fone do gancho, o aparelho tocou, assustando-a. Atendeu nervosa:
— Sim?
— É Annabella Graham?
— Eu mesma.
— Meu nome é Elise Elliott, sou jornalista free-lance. Trabalho num artigo intitulado "Núpcias de sonho" para a seção Estilo do *Boston Sentinel*, que sai aos domingos...

Belle ouvia calada e confusa. Segundos antes, pensava em rapto; agora, pediam-lhe que falasse de preparativos para o casamento.

— ... desculpe incomodar numa tarde de domingo, srta. Graham, mas é que não existe horário melhor para se achar uma pessoa em casa. Importa-se se eu fizer algumas perguntas sobre sua cerimônia de casamento?

— É que... preciso dar uns telefonemas...

— Não vou demorar, prometo. A ênfase é em casais que escolheram cenários inovadores para suas núpcias. Na entrevista que concedeu à *Personality,* disse que planejavam se casar no mar.

Relutante, Belle começou a responder às indagações:

— Sim, no iate do senador Crane, o *Akbar.* — Soletrou o nome. — Homenagem a um grande imperador mongol...

Mas a jornalista não estava interessada na Índia do século 16, por isso, a interrompeu com delicadeza:

— O senador estará presente?

Belle hesitou, o cenho franzido. "Sen... senador Hal Crane", pensou.

— Não sei se devo...

— Entendo. Os políticos são pessoas tão ocupadas, não é mesmo? Mas essa idéia de casamento no mar foi sua ou do seu noivo?

— Hummm... Na verdade, foi minha. Ele não se dá muito bem com água... um pouco de *mal de mer*.

— Dizem que é a melhor maneira de superar o medo: colocar-se na linha de fogo. — Elise riu e imediatamente disparou a pergunta seguinte: — Vai usar vestido com estampa de palavras cruzadas?

— Como é?

— Na *Personality*, publicaram uma foto sua no escritório todo decorado com motivos de palavras cruzadas. Imaginei se ia usar o tema até no vestido do casamento.

— Eu...

A repórter deu outra risada.

— O vestido é segredo, já entendi. Faz parte da tradição, muito apreciada por nossos leitores...

Belle ouviu o som inequívoco de digitação ao teclado de um microcomputador, mas, antes que tivesse a chance de avisar que fora interpretada erroneamente, a repórter retomou a palavra:

— Desculpe-me pela demora em registrar as respostas; este *notebook* é novo, e os comandos são diferentes do meu anterior. Ah... pronto! Agora, poderia revelar alguma peculiaridade de seu noivo? É só para deixar a matéria mais leve e bem-humorada.

Sem pensar, Belle entregou:

— Ele não gosta de usar meias.

— Oh, mas que interessante! — Mais uma risada forçada. Belle pensou em dizer alguma coisa, mas Elise Elliott já se despedia: — Muitíssimo obrigada, srta. Graham! Espero não ter de incomodá-la novamente.

Belle fitou o aparelho por um segundo antes de tirar o fone do gancho outra vez. Contatando a companhia telefônica, descobriu o número da central de atendimento do *Boston Sentinel*.

— Vocês tem uma colaboradora free-lance chamada Elise Elliott, que escreve artigos para o jornal de domingo?

A atendente parecia cansada e entediada:

— Quem?

— Ela está redigindo um artigo intitulado...

— Ligue na segunda-feira, dona. Não tenho como localizar cada pessoa que alega trabalhar para este jornal. Pelo menos no cadastro, não consta nenhuma Elise Elliott.

CAPÍTULO

15

Na escuridão quase total do beco, os prédios dos dois lados assomavam em silêncio lúgubre. Somente uma das construções parecia habitada, com uma única lâmpada brilhando à janela do primeiro andar, mas a luz que se derramava sobre o pavimento esburacado em nada aliviava a escuridão. À meia-noite, aumentando o sentimento de desolação, percebia-se o movimento furtivo de seres vivos rodeando a base dos prédios: ratos subindo em latas de lixo, gatos vira-latas uivando. Seguiram-se então sons humanos: sussurros, uma tossidela, uma imprecação em voz mais jovem e mais saudável do que a primeira:

– Droga! Mas eles me pagam! Sapatos novos... comprei hoje de manhã, e piso nessa...

– Coloque uma tampa em cima – grunhiu o homem mais velho, e então sofreu outro espasmo de tosse.

– Nunca mais vou fazer isso. Olhe aí, rasguei a calça. Esta noite está dez vezes mais negra do que a de quinta-feira, e você disse...

– Cale a boca. Vamos fazer logo o serviço e dar o fora daqui.

– Desde quando manda em mim?

— Cale essa boca! Quer que toda a vizinhança acorde?
— Que vizinhança?
— Cale-se, já disse!
— Ninguém acordou na quinta-feira, acordou? *Ninguém.*

Uma sirene distante cortou a noite. Os dois homens paralisaram-se.

Finalmente, o mais jovem murmurou irado:
— Só falta o incêndio ser por aqui...
— Já disse para fazer o serviço! — rosnou o companheiro.

O som aproximava-se, uivo dissonante que passou e foi ficando mais fraco. O homem que tossia resumiu:
— Vamos pegar os tijolos. É bangue-bangue e damos o fora.
— Riu seco e amargo. — Pagam bem. Vão ser os cem paus mais fáceis que já ganhou na vida.
— Ah, é? Você disse a mesma coisa na quinta-feira, e olhe o que aconteceu. Quase me mataram.
— Hoje é outro dia. Não interessa o que houve na quinta.
— Mas vão pagar pelos sapatos. São de camurça. Não se lava camurça. Custaram sessenta paus.
— E por que veio de sapato novo? — questionou o homem mais velho. — Os tijolos estão aqui. Como o cara falou. — Chutou alguma coisa que tombou na calçada repleta de lixo. — Uma pilha.
— Já calcei as luvas — informou o mais jovem.
— Para quê?
— Para não deixar digitais, meu caro.
— Em tijolos? Você é mais burro do que eu pensava. Os tijolos é que vão sujar as luvas. Aí, sabe o que vai acontecer se pegarem você? — À iluminação difusa, o que tossia abaixou-se e pegou um tijolo. — Em todas as janelas — relembrou. — Foi o que o cara disse.

— Em todas as janelas — confirmou o outro. Também se inclinou sobre os tijolos e endireitou-se ágil, arremessando o projétil na direção da única lâmpada acesa no prédio. O homem mais velho o imitou. Os vidros explodiam no ar, conforme os tijolos se sucediam e cada janela se estilhaçava. Gemidos de surpresa e fúria começaram a escapar da construção sob ataque. Uma segunda luz se acendeu, depois outra, e mais outra. Alguém começou a gemer de dor; outra pessoa gritava obscenidades.

Os dois homens parados na rua ouviram uma voz severa:

— Calma, gente, calma! Deixem que eu cuido disso!

— É o padre — identificou o mais jovem, mas o companheiro já se escafedera pelo beco.

☐☐☐

Padre Tom avaliava os estragos. Quase todas as janelas do térreo estavam destruídas, e muitas do primeiro andar. Cacos de vidro cobriam a superfície, incluindo os degraus da escada de incêndio. A cozinha virara um caos.

— Estão tentando nos expulsar daqui — concluiu um dos internos mais antigo do albergue, desolado.

— Não, é só vandalismo — opinou o vigário. — Punks do bairro. Não visavam a nós.

Chorando, outro homem só conseguia tartamudear.

— Oh... ah... não...

Tom apertou-lhe o ombro.

— Está tudo bem, Clyde. Você não se machucou; ninguém se machucou gravemente. É isso o que importa.

Mas a ladainha do pároco logo se perdia na lamentação

dos internos amedrontados. Os menos articulados sibilavam; alguns se embalavam; todos estavam tão nervosos que até o ranger do vidro quebrado em que pisavam os fazia explodir.

— Cale a boca, Joe!
— Cale a boca você! — foi a réplica feroz.
— Vai encarar?
Padre Tom ergueu os braços.
— Agradecemos este alimento e nos colocamos a seu serviço. Em nome de Cristo, oremos...

Era um resumo da prece proferida às refeições. Reconhecendo as palavras, os exaltados moradores da Missão Santa Augustina contiveram-se e, como se aguardassem a comida, calaram-se.

O vigário deixou o espírito calmo tomar conta do grupo assustado. Uma vez convencido de que se restabelecera a ordem, voltou a se manifestar. Em tom firme agora, caminhava entre os homens como um general entre os subalternos.

— Vamos começar a limpar tudo já. Divididos em equipes de trabalho, como de hábito. A primeira coisa é recolher os cacos de vidro. Joe, vá buscar as vassouras. Tudo tem de voltar ao normal sem demora. Clyde, você está bem?

O interno olhou-o, mas não falou nada. Era evidente que superava o momento de crise.

Outra voz ergueu-se:
— Precisa de ajuda, padre?

O vigário voltou-se. De pé diante da porta aberta, quase que completamente na sombra, estava Gus Taylor. Barbeado, asseado e usando roupas limpas.

— Gus, há quanto tempo! — festejou o padre, vendo os demais se alegrarem também, como se um santo aparecesse. Afinal, era um companheiro que voltava, limpo e sóbrio. – É claro que precisamos de ajuda, toda a ajuda que conseguirmos! Mas onde andou se escondendo?

– Sabe como é, padre, às vezes a gente morde o cachorro; noutras, o cachorro morde a gente.

O religioso sorriu compreensivo e compassivo. Talvez Gus Taylor começasse a se reerguer, enfim.

– Primeiro, entre e tome um chá com a gente. Fico feliz em vê-lo tão bem-disposto. Por acaso, não viu quem fez isso, viu?

– Vi dois sujeitos se esgueirando pelo beco, mas estava escuro demais para ver a cara deles.

– Eram moleques?

– Não creio. Pareciam adultos. Uns vinte e tantos anos. – Gus aproximou-se do vigário e baixou a voz: – Sei que tenta manter a paz por aqui, padre... considerando que Clyde, Joe e alguns outros logo pensam em atitudes drásticas, mas acho que os caras que destruíram as janelas eram bandidos. Alguém os contratou, na minha opinião. Mesmo que estivesse aí na frente quando começaram a atirar os tijolos, eu teria tido medo de interferir.

Padre Tom digeriu a má notícia.

– Vou avisar a polícia. Não creio que possam fazer muita coisa, mas é função deles manter a ordem pública.

– Já disse tudo o que sei, padre.

O temor era patente na voz e nas mãos trêmulas de Gus. Padre Tom observou-o por um instante. Raramente, algum interno da missão receava envolver-se com a polícia; talvez aqueles com um passado lamentável, que já tinham apanhado dos representantes da lei. Mas Gus era ex-professor universitário e não devia ter antecedentes criminais.

– Pense – aconselhou o padre. – Não vou lhe pedir que faça nada que não queira, mas, se alguém está tentando derrubar a missão, não posso ficar de braços cruzados.

– Como eu disse, padre, estava escuro como breu.

O vigário aquiesceu.

– Faça como achar melhor. Agora, ao chá.

– Vamos lá, padre. – Então, Gus começou a tossir, como se houvesse algo irritante no ar.

CAPÍTULO

16

—Até que não doeu – brincou Rosco, relendo a licença de casamento recém-expedida. Começavam a descer a ampla escadaria do prédio da Prefeitura. Às nove e quarenta e cinco da manhã, o sol já ofuscava os olhos, mas a hora do *rush* estava longe de se encerrar na Winthrop Drive.

Belle recostou-se em uma das colossais colunas dóricas do edifício e sorriu, suspirando feliz. Resplandecente assim ao sol, não dava para o noivo resistir-lhe. Ele avançou um passo, e partilharam um longo beijo de amor.

– Até agora, este é o dia mais feliz da minha vida – afirmou a noiva. – Mas o sábado vai superar, eu sei.

– Não tenho dúvida.

– Presumindo que a cozinha da sua irmã esteja pronta até lá.

– Vamos sobreviver, mesmo que não esteja. Os pratos descartáveis foram inventados justamente para hecatombes como essa.

– Sabe o que mais adoro em você, Rosco?

– Meu visual elegante?

– É sério! O que mais admiro é...

– Meu faro para encontrar uma vaga de estacionamento?
– Rosco! Não estou brincando. O que mais amo em você é seu otimismo. Eu me animo só de estar com você.

Ele a abraçou de novo.

– Nem sempre fui assim, você sabe, mas mudei depois que nos conhecemos... Na verdade, é você quem me faz sentir esperança, e não o contrário.

Ela se aconchegou a ele.

– Temos sorte, não é?

– E como! Devagar, acabaram de descer os degraus, Rosco segurando firmemente o envelope com o documento.

– Acha que aquela burocrata horrorosa vai mesmo conferir as coordenadas que demos?

Os olhos cinza de Belle fulguraram de divertimento.

– Ah, vai. Mas o comandante Lancia jurou de pés juntos que é exatamente ali que o *Akbar* estará quando nos casarmos: latitude 41 graus, 56 minutos, norte, longitude 70 graus, 51 minutos, leste. Até decorei. É na Buzzards Bay. Olhei no atlas para me certificar.

– Eu sabia que havia mais um motivo para amar você. – Rosco a beijou mais uma vez.

– Ei, vocês dois, separem-se! – ordenou Al Lever, indo ao encontro deles. – Nada de demonstrações públicas de afeto. Estamos diante da Prefeitura.

– Só podia ser um funcionário público.

– Sabia que os encontraria aqui. Como foi lá em cima com a dona do lápis afiado?

Rosco abanou o envelope.

— Mas já? Deve ter sido recorde... Meus parabéns!

— Guarde para o sábado — pediu Rosco, estreitando a noiva. — Quando for oficial.

— Estou cumprimentando por terem conseguido a licença, Polycrates. Uma coisa de cada vez. Mas, por falar em coisas oficiais, que tal um servicinho *extra-oficial*, hein? Remunerado, é claro...

Belle não gostou.

— Al, vamos nos casar em cinco dias. Isso é coisa que se proponha? — Enganchou o braço no do noivo.

Lever sorriu, claramente sem levar em conta a objeção.

— E aquela cadelinha que estava procurando, Polycrates? A do Freddie Carson?

— Parei um pouco de procurar. Surgiu outro assunto mais premente...

— Que assunto?

Rosco e Belle entreolharam-se. A noiva concordou.

— Belle recebeu um presente desagradável em casa ontem. Palavras cruzadas tenebrosas em uma caixa feita para acomodar rosas de cabo longo. Estou tentando descobrir quem foi.

Lever ergueu a sobrancelha.

— Será só brincadeira de mau gosto ou ameaça de verdade?

— Estou considerando como ameaça, até prova em contrário.

— Esse é um dos reveses da fama — filosofou Lever. — Sempre algum maluco fica obcecado pela gente. Quer um carro-patrulha na sua rua, Belle? Só até o casamento?

— Não precisa, Al. Não quero que os vizinhos se assustem por minha causa.

— Um pouco de proteção nunca é demais...

— Não precisa, Al. Não mesmo.

— Ela é teimosa. — Rosco apertou a mão da noiva. — Comecei a investigar ontem à tarde. Parece que a polícia já tinha entrevistado a dona da primeira floricultura que visitei... uma ruiva chamada Faye... — Rosco relatou tudo o que apurara até então, concluindo: — Quatro das caixas de rosas de cabo longo tinham sido entregues em residências. Especulei, mas não deu em nada: as caixas ainda estavam nas latas de lixo. Duas encomendas seguiram para endereços comerciais. Vou procurá-los agora.

Lever acendeu um cigarro e apertou os olhos em meio à baforada.

— Dois vermes quebraram as janelas da Missão Santa Augustina esta noite. Já sabiam?

Belle empalideceu, preocupada.

— E o Abrigo Santa Margarete?

— Não foi atacado. Só o albergue do padre Tom.

— Trabalho como voluntária no abrigo feminino toda segunda-feira de manhã — mencionou Belle.

— Como eu disse, o vandalismo restringiu-se ao albergue masculino, se bem que...

— O quê? — pressionou Belle.

Lever refletia.

— Talvez alguma coisa... ou alguém tenha espantado os filhos da mãe. Quem sabe? O plano podia ser atacar o abrigo das mulheres também.

Rosco meneou a cabeça.

— Dois possíveis homicídios, agora esse vandalismo, tudo direcionado aos... — Fez uma pausa e encarou o colega policial.

— Conseguiram identificar a mulher encontrada nos fundos da rodoviária?

— Ainda não. Mas a lama nas botas dela não é daqui. Jones está tentando descobrir a origem. Que inferno! Pode ser de qualquer lugar...

Belle o interrompeu:

— Acha que os irmãos Peterman estão envolvidos, de algum modo, Al?

Lever olhou para Rosco; Rosco voltou-se para Belle, que novamente se concentrava em Al.

— Vamos deixar claro: tudo o que estou dizendo é extraoficial, certo? Não se bate de frente com quem está no poder, nem com amigos dos amigos de quem está no poder. Mas quem é que vai sair ganhando quando for aprovada a nova lei de zoneamento? E quem aprova é a Assembléia Legislativa...

Rosco pegou a mão de Belle, e ambos sentiram o acordo tácito.

— O que quer que a gente faça, Al? — indagou a noiva.

— Você, nada. Mas o seu noivo pode ajudar o padre Tom. Nosso investigador encarregado do problema dos albergues está até as orelhas de serviço, o que não é de todo mau. Já reparou como as pessoas se fecham quando a polícia começa a fazer perguntas?

— Quer que eu encontre os dois pilantras que quebraram as janelas?

Lever confirmou.

— Segundo seu amigo Gus Taylor, eram dois desclassificados...

— Mas como ele...

— Depois eu explico — prometeu Lever. — Depois que concordar em nos ajudar... *extra-oficialmente*. Sei que não é a melhor hora, mas, se conseguirmos ligar os sujeitos ao...

Rosco nem olhou para Belle, mas sabia como a noiva reagia.

— Talvez eu consiga achar os bandidos, Al. Conheço um cara que me deve um favor. Mas primeiro vou investigar as remessas de flores que faltam, está bem? Depois, sou todo seu. — Belle apertou-lhe a mão. — Até sábado, quero dizer...

Lever esmagou o cigarro na escadaria da Prefeitura.

— Consiga os nomes. O resto é com a gente. Passe no meu escritório para pegar as informações disponíveis.

Belle e Rosco observaram o tenente alcançar seu sedã marrom.

— Obrigada — Belle agradeceu ao noivo. — Por ajudar o padre Tom, quero dizer.

— Quero ajudar, Belle. Por mim, por você e pelo vigário. — Ele a apertou e beijou outra vez. — Jantamos juntos?

Belle confirmou e o fitou nos olhos.

— Você liga à tarde?

— Ligo.

— Tome cuidado.

— Cuidado é meu nome do meio.

— É sério, Rosco. Gente que aceita dinheiro para destruir janelas não deve ser flor que se cheire.

☐☐☐

Rosco não tinha a menor garantia de que uma das caixas de rosas de cabo longo remanescentes era a que Belle encontrara na varanda, mas continuava seguindo aquela única pista. Até então, toda a investigação da tarde não levara a nada. O vendedor da floricultura Holbrook tinha razão: encomendas de flores eram algo muito pessoal. "Não é da sua conta!", fora a resposta mais popular a sua especulação: "Recebeu rosas nos últimos dias?" Então, quando explicava que uma amiga, a notória Belle Graham, fora vítima de uma brincadeira de mau gosto, as pessoas se mostravam mais solícitas... mais um efeito da celebridade.

Tendo rastreado quatro entregas, encontrava-se agora na esquina da Rua 11 com a Hawthorne, atrás da quinta caixa. Parecia irônico que a redação do *Evening Crier* ficasse na quina sudeste do cruzamento. Na ponta diametralmente oposta, havia uma loja de roupas masculinas, e as outras duas esquinas abrigavam instituições bancárias. Fora um tal de sr. Clover, do Second National Bank, que recebera rosas encomendadas à Holbrook.

— Estou procurando o sr. Clover — informou Rosco ao segurança, depois de passar pela porta de vaivém com detector de metais.

O guarda apontou.

— É aquele na terceira mesa... de terno cinza.

— Obrigado.

Rosco aproximou-se da escrivaninha já tirando do bolso um cartão de visita. Como a tática de mencionar a celebridade vinha dando resultado, continuaria com a mesma:

— Com licença, sr. Clover?

— Sim.

— Meu nome é Rosco Polycrates. Sou detetive particular e fui contratado por Belle Graham.

A risada do homem pegou-o de surpresa.

— De acordo com o que li na *Personality*, você vai *se casar* com ela. Ou já está considerando a posição de marido um trabalho?

Rosco procurou uma saída perspicaz, mas não encontrou.

— Posso me sentar?

— Por favor. — Clover levantou-se e estendeu a mão. — Pode me chamar de Carl. Adoro fazer as palavras cruzadas da sua noiva. Não perco uma.

— Obrigado. Ela ficará feliz em saber que tem um fã na esquina ao lado.

— Creio que sim. Tenho ótima vista do prédio do *Crier* aqui da minha mesa, mas quase nunca vejo a srta. Graham...

— Quer dizer que sabe como ela é?

— Difícil não reparar. É uma bela moça, com todo o respeito. Muitos homens em Newcastle o consideram um felizardo.

Rosco hesitou.

— Estou aqui porque acredito que tenha encomendado uma dúzia de rosas de cabo longo à floricultura Holbrook na semana passada.

Clover voltou a rir.

— Não, foi minha tia quem pediu, para o meu aniversário. Cinquenta e cinco. Mas ela já está velhinha e nunca se lembra de que sou alérgico a rosas. É a mesma coisa, todo ano. Discretamente, livrei-me do presente.

— Jogou fora?

— Não. Dei para um casal na rua ao sair do trabalho. Acho que gostaram.

Rosco consultou as anotações.

— Isso foi na sexta-feira?

— Exatamente. O banco fica aberto até as nove da noite às sextas. Eram quase dez horas quando saí.

— Conhecia o casal?

— Não.
— Conseguiria reconhecê-los? Eram velhos? Jovens?
— Muito jovens. Uns 18 anos. Espantaram-se com minha oferta e, por coincidência, acabei ganhando um presente de aniversário inesperado. A mocinha abriu a caixa, pegou as rosas, prendeu uma entre os dentes e dançou na calçada...
— E a caixa?
— Que tem ela?
— O que fizeram com ela?

Clover sorriu indulgente.

— Largaram no chão. Eram muito jovens e estavam felizes. Fui atrás deles. Por quê, hein?
— Belle encontrou uma caixa igual na varanda de casa ontem. Estou tentando descobrir quem mandou.

Clover olhou pela janela e apontou para a rua.

— Está vendo aquela cabine telefônica na esquina do prédio do *Crier*? Tem uma lata de lixo do lado. Joguei a caixa lá. Teria trazido de volta ao banco, mas já estava fechado, àquela altura... — Ponderou por uns segundos. — Agora que falou, não me lembro de ter visto a caixa ainda lá quando cheguei ao trabalho, no sábado de manhã.

— Bom, é difícil de ver o conteúdo da lata de lixo daqui...

Clover esclareceu:

— Deixo o carro no estacionamento do jornal, de modo que passo ao lado da lata de lixo toda manhã.

— E alguma vez usou aquele telefone público?
— Por quê? Tenho telefone na minha mesa.
— Só curiosidade.

ATÉ QUE A MORTE OS SEPARE

☐☐☐

Rosco saiu à rua. Conforme Clover detalhara, a lata de lixo ficava realmente ao lado da cabine telefônica, a mesma de onde partira a denúncia anônima sobre a mulher morta atrás da rodoviária. A caminho do jipe, recordou uma série de fatos aparentemente não-relacionados.

Uma solução de palavras cruzadas que era ATRAÇÃO FATAL, a outra era MATADOR, dois prováveis homicídios, dois bandidos de aluguel, e uma caixa de floricultura sem rosas. *Coincidência,* assegurou a si mesmo. Clover também tinha usado essa palavra, mas Rosco nunca acreditou muito nesse conceito.

Ao partir para visitar o sexto endereço agraciado com rosas, uma loja de confecções na Rua 9, tinha a forte sensação de que já encontrara o que procurava, e de que não havia *coincidência* alguma naquela história.

CAPÍTULO 17

— Olhe só que porcaria você fez! — A voz grave e rabugenta perdera a eventual gentileza inerente, dominada pela fadiga e pelo medo. — Vá fazer isso lá fora! Não falei antes de sair? É para isso que serve a portinhola na porta...

Um ganido saudou a repreensão, seguido pelo som de quatro patinhas sobre jornais molhados. A única lâmpada balançava na ponta de um fio marrom, lançando um pouco de luz contra a vidraça engordurada e a noite negra. Fora isso, o cômodo contava apenas com uma pia, uma cadeira e uma mesa quadrada.

— Ai... que fedor! Ainda bem que a gente não tem de se preocupar com vizinhos. — Soltou-se uma risada, o zurro de uma bravata. — O ideal da classe média: vizinhos, crianças brincando no quintal, máquina de lavar roupa, bicicletas na varanda, cachorros obedientes... — O tom passou de cínico a cáustico. — Para que preciso de uma maldita cadela?

Sentindo perigo, a pequena Kit Carson não fazia barulho.

— Maldita cadela! E veio parar justo aqui, entre tantos lugares! Eu é que sempre tive coração mole... Uma cadela! Como ia adivinhar que aquele vagabundo tinha bicho de estimação?

Ainda filhote. Se fosse adulta, eu teria deixado lá mesmo. Saberia se cuidar... Mas um filhote... tão novinho...

Kit choramingou e se esparramou sobre o papel molhado.

— Cale a boca! Já dei comida e água! E um teto... E o que é que você faz? Transforma minha casa num chiqueiro!

Mãos cansadas começaram a limpar a sujeira.

— Se derramar a água de novo, não vai ter o que beber. Não sou sua babá. Não vou dar comida nem água na boquinha... Sem comer e sem beber, você morre. É a lei da natureza. Sobrevivem os mais fortes. — De repente, a conversa dura encheu-se de pânico. — Se soubesse que aquele idiota tinha uma cadelinha...

A tarefa de limpar a sujeira do animal prosseguia com sons bruscos e agressivos: as botas contra o chão, o choque entre as tigelas que continham comida e água.

— Ah, você comeu tudo o que havia na lata, não é? Seu antigo dono a tratava a pão-de-ló. Mas aqui não tem cereais nem conta-gotas. — Despejou água em uma tigela; uma lata foi aberta e seu conteúdo, transferido para outra; e então os dois recipientes encontraram o chão.

— Se aquela mulher não tivesse vindo atrás de mim... — A voz falseou um tom agudo: — "Vou chamar a polícia!", ameaçou ela. "Você vai para a cadeia!" A vagabunda ia mesmo me ferrar, não ia? Estava decidida!

Em vez de comer, Kit esgueirou-se para baixo da mesa.

— Faz muito bem em se manter fora do meu caminho! Não fosse seu maldito dono, eu estaria sossegada agora! — Um fraco soluço interrompeu o discurso. — O que é eu vou fazer com esse filhote? Sou capaz de matar gente, mas não uma cadelinha. Preciso tomar umas providências aqui.

CAPÍTULO

18

A terça-feira amanheceu "ensolarada, apesar das nuvens", conforme previra a meteorologia. Belle pegou a caneca de café e seguiu para o escritório. O nervosismo causado pelo perturbador jogo de palavras cruzadas entregue no domingo começava a passar. Essa era a boa notícia.

A má notícia era que seu noivo, além de não telefonar na tarde anterior, tampouco se dera ao trabalho de lhe desejar boa noite. Presumira que ele chegara muito tarde ao apartamento e achara por bem não ligar. Às sete e vinte da manhã, ela também não o incomodaria, imaginando que ele fora dormir lá pelas três ou quatro da madrugada. Considerando isso tudo, concentrava-se no casamento: o dia em que iniciaria uma vida nova como parte de um casal, a partir do qual a arriscada atividade de Rosco a deixaria ainda mais apreensiva, porque estaria em casa esperando por ele.

Pousando a caneca na escrivaninha, atirou-se na cadeira de lona, soltou um longo suspiro e então fixou o olhar no telefone.

– Quem sabe, se eu me concentrar, ele acorda e me liga...

Trinta segundos depois, o aparelho tocou. Belle levantou-se num pulo e agarrou o fone.

— Se soubesse que seria tão fácil, teria feito isso há uma hora. O que descobriu?

— Co... como é?

Apesar do tremor na voz, Belle a reconheceu. Era uma das irmãs de Rosco.

— Cléo?

— Oi, Belle. Escute... Rosco está aí? — A tensão era quase palpável.

— Não, deve estar no apartamento dele. Aconteceu alguma coisa?

— É que eu já liguei para o apartamento, para o escritório... para o telefone do carro. Mas ele não atende em nenhum lugar.

A primeira reação de Belle foi de perplexidade. Onde estaria Rosco? Mas precisava saber também por que a irmã dele precisava encontrá-lo com tanta urgência.

— É alguma coisa em que eu possa ajudar, Cléo?

A futura cunhada guardou silêncio por alguns segundos. Quando respondeu, foi em tom aflito e zangado.

— Alguém ligou aqui... Não sei por que meu marido sempre está fora da cidade quando essas coisas acontecem... Isso me deixa louca...

— Mas quem ligou? O que queria?

— Um homem... há uns dez minutos. Pensando bem, podia ser mulher. Era uma voz esquisita.

— Mas o que é que a pessoa queria, Cléo?

— Disse que ligava depois.

— Só isso?

— Não... Primeiro, perguntou se os planos do casamento iam bem. Que coisa mais estranha. Quero dizer... às sete e pouco da manhã? Isso é hora para se telefonar querendo saber do casamento dos outros? Eu estava aprontando Nicky para a escola. Effie está resfriada, ou algo assim... eu estava muito ocupada. Aí, pediu para falar com Rosco.

— Com Rosco?

— Eu disse para esperar até as nove horas e então ligar para o escritório dele, mas a pessoa disse que já tinha telefonado para a firma, para o apartamento, para o carro. Então, dei o número do *seu* telefone. A pessoa disse que Rosco não estava aí também. Você já tinha falado com alguém, Belle?

— Não.

— E como a pessoa sabia que Rosco não estava aí?

— Não sei. — Belle começou a andar em círculos pela sala, o fio do telefone serpenteando a seus pés.

— Depois desse telefonema, também liguei para todos os números de Rosco, mas ele não atende.

Belle pensava.

— Mas foi só o que a pessoa disse?

— Não. Depois de dizer que ligava de novo, declarou: "Rosco sumiu em ação." O problema é que não dava para saber se era uma *indagação* ou uma *afirmação*. Perguntei o que queria dizer, mas a pessoa desligou. Ai, detesto quando meu marido viaja... Parece até que tem alguém vigiando a casa para saber quando ele sai.

Belle respirou fundo.

— Cléo, vou dar um pulo no apartamento e no escritório do Rosco; depois, passo na sua casa. Quero estar aí quando essa pessoa ligar de novo, está bem? Devo levar uma hora ou pouco mais.

— Obrigada, Belle. Vou arranjar carona para Nicky ir à escola, e fico esperando você. Eu não pediria que se apressasse, mas estou tão nervosa...

☐☐☐

Foi Effie quem abriu a porta. Desta vez, a garotinha não posava de bailarina; ao contrário, escolhera aquele dia para experimentar as roupas da mãe. Aparentemente, o resfriado que a livrara da escola não afetava seu humor.

— Sou uma princesa — declarou, dedicando a Belle a costumeira mistura de desconfiança, ciúme e fascínio. — Vai se casar de véu e grinalda?

— Não, Effie.

— Por que não? Não é a noiva?

A questão de se casar pela segunda vez de branco parecia complexa demais para uma princesinha.

— Mamãe está? — indagou, tentando mudar de assunto. — Eu disse a ela que passaria por aqui...

— Ela faz a mesma coisa quando não quer responder a uma pergunta — acusou Effie, friamente, acrescentando também sem emoção: — Ela foi ao veterinário. Geoffrey ficou de babá, porque estou doente e não posso ir à escola. — A julgar pela formalidade com que pronunciava o nome do marceneiro, Sua Alteza pensava em sagrar Geoffrey Wright cavaleiro.

— Mas... — Belle viu a menina sair correndo numa profusão de seda multicolorida.

Então, ouviu-se um grito agudo, um baque semelhante ao de uma porta se fechando e um comando feroz:

— Devolva já isso, seu cachorro idiota!

Belle saiu da casa e entrou na garagem.

— Olá, Belle — saudou Geoff, voltando a se concentrar no painel de madeira no qual trabalhava. No banco ao seu lado, tinha uma lata de tinta, lixas, ferramentas e pincéis. Sem erguer os olhos, ele anunciou: — Boas notícias... Falei com Sharon ontem à noite. Ela volta de Vermont hoje à tarde. Mesmo que não entreguem a lava-louça, nós dois vamos instalar alguns armários.

Belle o interrompeu:

— Verdade que Cléo foi ao veterinário?

— Sim, um dos cachorros estava doente... o bassê, creio. Ela pediu para avisar você.

— Ela me ligou há uma hora, mas não falou nada de cachorro nenhum. — "Sumiu em ação", recordou-se Belle. "Rosco sumiu em ação." A tensão lhe bloqueava a garganta, tornando sua voz aguda e estridente.

Geoffrey a olhou.

— Ei, Tinker Bell, relaxe! É tão bonita. Detesto ver você assim...

— Cléo me pediu para vir logo...

— É, mas emergências acontecem... — Geoff manuseava, de leve, uma ferramenta na superfície do armário.

Belle estava cada vez mais confusa.

— O que tinha o cachorro?

— Deve ter comido alguma porcaria. Cléo veio aqui falar comigo e então encontrou o bassê se contorcendo de dor de barriga lá no gramado. Ela logo pensou em envenenamento, já que os vizinhos vivem reclamando dos latidos. Sabe como ela é, faz drama de tudo. Mas é mais provável que o bicho tenha comido coisa estragada no lixo. Os bassês engolem o que vêem pela frente, você sabe.

Belle franziu mais o cenho. Havia algo estranho no discurso, mas não saberia dizer o quê.

— E você não tinha percebido antes de Cléo que o cachorro estava passando mal?

— Ah, com a lixadeira elétrica ligada, não ouviria nem um helicóptero pousando na rua.

— E não sabe a que horas Cléo vai voltar?

— Não mesmo.

— Nem o nome da clínica veterinária?

Geoffrey Wright encarou-a, gélido de repente.

— Sou marceneiro, Belle. Fui contratado para montar a cozinha, não para servir de camareira nem babá.

Belle ficou vermelha de raiva. Já ia responder, quando o telefone tocou.

Geoff atendeu e encaixou o fone entre o queixo e o ombro, sem interromper o trabalho.

— É para você.

— Mas ninguém... — Ela pegou o aparelho. — Alô, é Belle Graham.

A voz não era tão metálica quando a de um atendimento eletrônico automático, mas carecia de expressão:

— No painel do carro.

— O quê? — inquiriu Belle, sem entender nada.

— A citação. É nosso segredinho... Acho que vai gostar.

— Quem está falando? Onde está Rosco?

— Uma hora... Identifique a citação, se for capaz. — A ligação se desfez com determinação.

Belle pôs o fone no gancho e olhou as horas. Oito e quarenta e cinco.

— O que foi? — indagou Geoff, mergulhando a cerda de um pincel na tinta. Não poderia parecer mais despreocupado.
— Trote. Algumas pessoas não têm o que fazer.
— Só não imagino como souberam que você estava aqui — observou o marceneiro, absorto. — Ligar para a sua casa, tudo bem, mas para a casa da sua futura cunhada?
— Ossos da fama. Ninguém está livre dessas coisas. — Ela riu forçosamente e se dirigiu para a porta. — Vou esperar um pouco lá fora.

Concentrado em sua pintura, Geoffrey nem reparou que Belle se retirava, e aconselhou:

— Devia se mudar para Vermont, deixar para lá essa coisa de celebridade...

Belle percorreu a entrada da garagem, fingiu espreguiçar-se e foi até seu carro. As palavras cruzadas não estavam no painel, como dissera a pessoa ao telefone. Estavam de cabeça para baixo no banco do motorista.

Depois de olhar por sobre o ombro, pegou a charada feita a mão. No topo, em negras letras maiúsculas, o título: "Não é sonho".

NÃO É SONHO

Primeiro nome sem a letra "E" do comediante "Fatty" Arbuckle	Senhoras Reação de tímida alegria			Apagar a vela	O contrabaixo, por seu interior	São desvendados por detetives com base em provas e testemunhos		(?) Nostra, máfia italiana
						Sufixo nominal de "casarão"		Poema de Edgar Allan Poe
Fracasso								
Estado do paciente que recebeu alta				Amelia Earhart, aviadora dos EUA		Bolsa, em francês		
						Verdureira		
Peça de tortura medieval					Bactericida usado em piscinas		Formato da lentejoula	
Assunto do livro biográfico		Não aceitar (coisa oferecida)						
				Flor-símbolo da realeza francesa			104, em romanos	
Produto farejado pelo cão treinado da pol'cia		Representam grupos de palavras	Princesa indiana, mulher de rajá				Função da isca, na pesca	
			Peixe de carne muito apreciada					
Foguete de viagens interplanetárias		Particípio do verbo "ir"			Desmond Tutu, religioso sul-africano		Qualquer número indeterminado	
Tira a vida			A hepatite geralmente mortal		Ajuntamento de pessoas		"Mamma (?)!" expressão italiana	
Símbolo elementar da álgebra								
Presidente americano apelidado de "O Velho Durão"						Instância psíquica reprimida pelo ego		

BANCO: 3/sac. 4/aspa – cosa – rani. 6/robalo – taylor.

CAPÍTULO

19

Rosco. Sozinha no quarto de hóspedes no andar superior da casa de Cléo, Belle contemplou as letras que acabara de escrever na grade das palavras cruzadas. 2-horizontal: *Primeiro nome, sem a letra E, de "Fatty" Arbuckle*...
– ROSCO – pronunciou. – ROSCO. – Tremia de medo. Quem era o elaborador misterioso e o que queria? Olhou as horas. Uma hora, determinara a voz peculiar. – Identifique a citação.

Concentrou-se na charada, preenchendo os quadradinhos cuidadosamente. ENGODO era a resposta da 10-vertical inferior; MATA, a da 2-vertical, cuja dica era *Tira a vida*.

– Que coisa horrível! ROSCO – repetiu Belle. Teria sido ele o alvo o tempo todo? A caixa da floricultura fora só um ardil, e as palavras cruzadas manuscritas que recebera no domingo, apenas uma maneira de colocá-lo em contato com um matador?

Repassou a seqüência de eventos: um ex-interno da Missão Santa Augustina fora assassinado; em seguida, uma mulher não-identificada também aparecia morta atrás da rodoviária; o albergue do padre Tom sofrera ataque de vândalos; um enigma sinistro fora entregue em caixa de rosas vazia; Cléo recebera um estranho telefonema informando que Rosco "sumira em ação"; e, agora, outra charada.

– *Tira a vida...* MATA – repetiu Belle, pegando o telefone. Digitou o número do aparelho instalado no carro de Rosco, cheia de esperança de que ele atendesse.

Nesse instante, Effie invadiu o aposento.

– O que está fazendo?

– Ligando para o tio Rosco.

– Por quê?

Belle estampou um falso sorriso otimista.

– Porque faz algum tempo que não nos falamos.

O telefone de Rosco tocava, tocava, mas era evidente que ele não estava no jipe. Belle ligou novamente para o escritório dele, sem sucesso. A secretária eletrônica atendeu de imediato, sinal de que havia um monte de recados. Deixou mais um.

– Talvez ele não queira ser encontrado – alfinetou Effie, sagaz. – Como meu pai. Minha mãe diz que se esconder é o que papai mais gosta de fazer. Acho que ele está escondido agora. É por isso que não está aqui.

Belle fitou a garotinha, mas não houve mais revelações familiares íntimas. Effie saiu correndo, ralhando com um dos cães no corredor. Belle consultou de novo o relógio de pulso. Já se haviam passado dezenove minutos do prazo de uma hora que lhe fora concedido.

A citação, recordou, correndo a caneta sobre o papel. Escreveu NARCÓTICO na 8-horizontal; *Apagar a vela* era a pista da 4-vertical. ASSASSINATOS, a solução da 8-vertical. A da 9-vertical era COSA *Nostra*. Toda arrepiada, Belle sentia a fronte úmida, as mãos suadas.

Cléo chegou em casa e gritou por Effie, multiplicando por cem os decibéis já existentes.
– Belle, querida! – chamou, do pé da escada. – Desculpe por ter saído correndo e deixado você esperando. Já conto tudo... Effie fofocou:
– Ela tentou falar com tio Rosco. Ele está se escondendo como papai faz.

Belle percebeu que a cunhada deu uma risada forçada e ergueu o tom de voz para compensar.

– Vou fazer um café para a gente. Aproveitando que ainda consigo ferver água nesse desastre de cozinha! – Com isso, foi-se entre gritos, queixas e chamados de "mãe!" e "mamãe!", somados às próprias respostas impacientes.

Belle olhou as horas. Restavam-lhe doze minutos. Ela leu a citação:

– "É uma visita pedindo entrada aqui em meus umbrais..." – murmurou. Então, engolindo em seco, ficou lá sentada imóvel. – "É uma visita pedindo entrada aqui em meus umbrais" – repetiu. – "A treva enorme fitando, fiquei perdido receando,/ Dúbio e tais sonhos sonhando que os ninguém sonhou iguais./ Mas a noite era infinita, a paz profunda e maldita,/E a única palavra dita foi um nome cheio de ais." – Então, ela se lembrou! Claro, tratava-se de versos de um poema de Edgar Allan Poe, *O corvo*. Uma suspeita lúgubre foi-se formando em sua mente: seria possível que a pessoa que elaborara aquela charada soubesse de seu amor pela poesia? Ou tudo não passava de coincidência? Mas e Rosco?

Belle levantou-se; em exatos seis minutos, seu tempo se esgotaria. Desceu correndo a escada e topou com a cunhada, que chegava com duas xícaras de café grego. Quase a derrubou.

— Alguma notícia do seu noivo? — Cléo tinha o semblante tenso e preocupado.

— Nada.

Cléo fitou-a detidamente.

— Geoffrey contou que você recebeu um telefonema *aqui*. Como pode ser?

— Foi trote. Acontece, de vez em quando.

Fingindo descontração, Belle pousou sua xícara de café em uma mesa e então, disfarçadamente, dobrou as palavras cruzadas em partes cada vez menores. "Nosso segredo", alertara o interlocutor misterioso; além disso, até que descobrisse mais, não havia por que assustar a cunhada.

— O bassê melhorou?

Cléo sorveu o café, mas era evidente que seus pensamentos passavam longe do animal doente.

— Melhorou. Comeu alguma porcaria. Tanto alvoroço por nada. Mas como é que você recebeu um telefonema na *minha* casa?

Belle se esquivou de responder comentando:

— Rosco é detetive particular, Cléo. E já foi da polícia. Sabe como a vida dele é corrida, e nem sempre ele pode ligar para...

— "Sumiu em ação", avisou a pessoa.

Belle apertou o ombro da cunhada.

— O mundo está cheio de desequilibrados, gente que se diverte dizendo obscenidades ou passando trotes pelo telefone. E faltando tão pouco para o casamento... — Forçou um sorriso esperançoso. — Geoff contou que Sharon já está voltando?

Cléo nem respondeu.

— Mas por que esse doente resolveu nos atormentar agora? Quando não há nenhum homem na casa! Isso está me deixando louca!

— Geoffrey está aqui — observou Belle.

— E Sharon! — adicionou Effie, que se aproximara de mansinho. — Ela é forte! E vai voltar!

Cléo desdenhou zangada.

— Tenho filhos. Não quero nenhum desequilibrado rondando a gente! — Então, voltou-se para ralhar com a filha: — Effie, tire já essa roupa! Não pode almoçar desse jeito!

A princesinha caiu em prantos; Belle consolou a pequena rival com frases de incentivo. Parando de fungar, a menina demonstrou orgulho ferido.

— Tia Belle gostou da minha fantasia, não é mesmo, tia?

Promovida a tia, Belle exultou de gratidão:

— Acho que está parecendo uma rainha...

Nesse instante, o telefone tocou. As duas mulheres sobressaltaram-se; o cão sadio começou a latir ferozmente; Effie o repreendeu com rudeza. Cléo e Belle agarraram o fone ao mesmo tempo. A dona da casa venceu.

— Alô? O quê? Não estou conseguindo entender... Effie, quer ficar quieta? Alô? Alô? — Passou o aparelho sem fio a Belle.

— É para você... Parece mais uma secretária eletrônica.

Belle pegou o fone e foi saindo da sala, mas o caos familiar a perseguia.

— Volte aqui, Effie! — gritou Cléo. — Não, Buster fica lá fora!

— Alô? — Belle sentia a própria respiração tensa devido ao nervosismo.

— E então, sabe de quem é o poema? Está impressionada, Belle? Posso chamá-la assim, não é?

— Quem é?

— Alguém que gostaria de conhecer você melhor. Parece que se encontra no meio de uma agradável reunião íntima. A vida em família é muito gratificante, não é mesmo?

— Mas quem está falando? – perguntou ela, evitando encarar a cunhada.

— Isso continua um segredo, por enquanto. Não falou do nosso joguinho com mais ninguém, falou?

— Não.

— Exceto Rosco.

— Como?

— Você mostrou minha primeira carta ao seu namorado. Bobinha... Não sabe o que estamos fazendo aqui?

— Não... não entendo...

— Estamos construindo um relacionamento, minha cara.

A ligação se desfez, mas logo em seguida o telefone voltou a tocar.

— Alô? – atendeu Belle, quase gritando.

— Calma, não precisa ficar nervosa. É Geoff... do celular. Diga à realeza que estou indo ao centro comprar material. Se ela precisar de alguma coisa, é só ligar. Ah, Sharon telefonou há dois minutos. Já vem vindo. Vai pegar o ônibus, disse que liga da rodoviária. – Com isso, ele também desligou.

Belle olhou para o fone agora silencioso em sua mão. O código para obter a origem da última chamada revelaria somente o celular de Geoff. O número do misterioso elaborador de palavras cruzadas fora eliminado.

CAPÍTULO

20

Abe Jones tamborilava com os dedos da mão direita sobre a fórmica cor-de-rosa, ao mesmo tempo que enrolava um envelopinho de adoçante entre os dedos da esquerda. O adoçante aparecia e desaparecia: o papel flutuava por um instante no ar. Abe ficou observando os próprios dedos, e então contemplou pensativo a área da cafeteria.

Ao meio-dia e quinze, o Lawson's parecia uma casa de loucos. Era a movimentada hora do almoço. As garçonetes passavam voando, carregadas de pratos de sanduíches e peixe frito, alternando saudações afobadas aos clientes conhecidos com pedidos de mais batatas fritas e porção extra de maionese a Kenny, o cozinheiro. Jones reparava em tudo, embora permanecesse calado e fingisse distração.

Devolveu o adoçante à tigela cromada quando Al Lever deslizou sua estrutura maciça sobre a banqueta ao lado.

– Desculpe o atraso. É que vim a pé, para fazer exercício. Nunca mais vou fazer essa loucura. – Olhou ao redor. – Mas isto aqui está um caos. Tinha esperança de conseguirmos uma mesa.

– Seria mais fácil ganhar na loteria.

— Café, boneco? — Não era Martha, mas uma Martha-em-treinamento.
— Obrigado, Lorraine. — Lever olhou para Jones. — Você já pediu?
Jones negou.
— Estava esperando você. — Dirigiu a Lorraine o sorriso que era sua marca registrada. — Acho que vou querer pastrami no pão de centeio.
— Deixe comigo, doçura. E você, boneco?
— Um sanduíche de bacon, alface e tomate... e porção extra de maionese.

Erguendo uma sobrancelha em ceticismo, a garçonete anotou os pedidos no bloco; então, voltou-se e passou o papel por uma janelinha.

— Mais dois, Kenny! — gritou. — Porção extra de maionese para nosso Al aqui!

Lever já se concentrava no legista-chefe.

— Pois bem, o que temos?

Abe tirou uma caderneta do bolso interno do paletó e abriu-a.

— Vamos começar pelo primeiro caso: Freddie Carson e o beco Adams. Carlyle determinou a hora da morte entre três e trinta e quatro da madrugada. De fato, usou-se um paralelepípedo, como suspeitamos, mas o golpe foi dado num ângulo estranho em relação à posição do corpo.

— O que significa...?

— Significa que ele estava de pé ao ser atingido, e depois o assassino ajeitou o cadáver sobre a cama de jornais. A pedra o atingiu no lado direito do crânio, atrás da orelha. Isso teria sido impossível se Carson estivesse deitado do jeito que o encontramos.

— Certo.

— Próximo: Polycrates tinha razão quando à cadelinha. Não havia vestígios de comida de cachorro no aparelho digestivo de Freddie, e colhemos amostras caninas tanto da lata aberta quanto do garfo, bem como dos jornais. Mas, impressões digitais, só mesmo as de Carson.

Lever adicionou açúcar ao café, misturou-o e saboreou um gole demorado.

— E as marcas de pneus?

— É aí que as coisas começam a ficar interessantes — revelou Jones. — Eram pneus radiais Goodyear, mas tivemos dificuldade para identificar a marca do veículo. Ford, Chrysler, GM, todas as montadoras usam as mesmas estruturas em suas caminhonetes, e foi só isso o que as marcas de pneus revelaram: um grande utilitário esportivo.

— Quer dizer que pode ter sido qualquer um desses "tanques" que o povo anda dirigindo?

— Exatamente. Algo me diz que é um utilitário esportivo, mas ainda não posso jurar. Veja, se fosse uma picape, teríamos o efeito rabo-de-peixe quando o motorista pisou fundo no acelerador, devido à falta de tração traseira.

— Certo. — Lever esperou Lorraine colocar o sanduíche em sua frente. — Mas, se a caçamba não estivesse vazia, se contivesse algum peso...

— Já pensei nisso. Daí, a dúvida quanto a minha teoria do utilitário esportivo. Se der uma olhada no estacionamento do restaurante Good Beef, tarde da noite, verá que ninguém deixa nada na caçamba da picape depois que escurece, porque não é seguro.

— Além disso, não há motivo para acreditarmos que as marcas de pneu tenham algo a ver com a morte de Freddie.

Jones deu um sorriso fugaz.

— Vamos com calma. Ainda não falamos do segundo corpo: a mulher não-identificada. Ainda não descobrimos quem era. Estamos investigando pessoas desaparecidas num raio mais amplo, mas, até agora, nada. Questão dois: Carlyle afirma que ela estava morta havia mais de quarenta e oito horas quando a encontramos. Ou seja, teria sido assassinada dois dias ou mais, *antes* que o jornal sobre o qual fora encontrada fosse impresso. Não precisa ser gênio para concluir que ela apenas foi desovada lá atrás da rodoviária. Não chegou a Newcastle de ônibus... ao menos, não no sábado. A arma do crime? Ainda estou trabalhando nisso. Trata-se de algo liso... tipo cromado, porque não deixou resíduos. Pensei num taco de golfe, só que não combina com as roupas dela. Não podia ter abandonado uma partida em Pinehurst no quinto buraco.

— Vai comer seus picles?

— Vou.

Lever grunhiu baixinho.

— Que mais?

— Peça picles a Lorraine, Al.

Lever recusou-se.

— E esta barriga aqui?

— Mais uns picles não vão fazer diferença.

— É sempre um começo. — O tenente suspirou. — Mas o que mais descobriram?

— Lembra-se da lama nas botas dela?

— Lembro.

— Primeiro, verifiquei se era de um canteiro de obras perto

do parque da Rua 3, mas não combinou. A verdade é que não se trata de solo daqui.

– E de onde pode ser?

– Sei lá, mas pensei na região a oeste daqui... talvez nas Berkshires. A amostra é organicamente muito rica, com alto conteúdo argiloso, ou seja, não é lama da cidade.

– Alguém pode ter trazido para cá... para pôr no jardim ou no quintal.

Jones deu de ombros.

– É possível. Como moro no décimo primeiro andar, quase nunca penso em jardins. De qualquer forma, eis o grande detalhe, aquilo que une todas as peças: colhi amostras da mesma lama nos rastros de pneus deixados perto do corpo de Freddie Carson no beco Adams.

Lever parou de mastigar o último bocado do sanduíche e girou na banqueta para encarar o colega.

– Tem certeza? Quero dizer, quanto tempo a lama pode permanecer nos pneus?

– Depende da profundidade dos sulcos, mas houve um caso de atropelamento em Ohio há um ano. O pedestre foi atropelado ao atravessar a rua; o motorista fugiu sem prestar socorro, mandou consertar a lataria e vendeu o carro para um bobo do Estado de Nova York. Nove meses depois, a polícia recebeu uma denúncia anônima, acharam o carro, e ainda havia nos pneus resquícios de DNA, cabelos e sangue da vítima.

– Jesus, lembre-me de não comprar nada com pneus grandes... Quer dizer que Freddie também foi desovado lá?

– Não. O paralelepípedo era do beco Adams mesmo, e foi lá que ele morreu.

— E não pode ter sido assassinado pela mulher da rodoviária, porque ela morreu primeiro. Alguma teoria, Abe?

— Francamente, não. A amostra de solo é nossa única pista. Se conseguirmos localizar o utilitário esportivo e encontrarmos o mesmo material nos sulcos dos pneus, teremos alguma coisa. E, se foi o mesmo veículo que desovou a mulher atrás da rodoviária, do que tenho certeza, encontraremos vestígios do mesmo solo dentro da cabine também.

Lever deteve a garçonete que passava.

— Lorraine, pode trazer a nossa conta?

— Não vai querer torta hoje, Al?

O tenente da polícia confirmou, se bem que não muito convicto.

— Hoje é por minha conta, Abe... Só me dê uma carona até a delegacia, está bem?

— Eu espero você terminar a sobremesa, Al.

— E você só contando as calorias? De jeito nenhum.

— Você devia fazer um pouco de aeróbica...

— Não comece, Abe. Musculação, caminhada, corrida, remo, pelo amor de Deus! Isso é para você. Prefiro me manter a uma distância segura dos exercícios. — Lever pagou a conta, e os dois foram até o automóvel do médico. Acomodaram-se. — É verdade que são os irmãos Peterman que administram o prédio em que você mora, Abe?

Jones respondeu, enquanto se misturava ao tráfego:

— Bom, pago a taxa do condomínio a uma empresa chamada Argus Enterprises. Destrinchando a corporação, no fim das contas é dos irmãos Peterman, sim. O complexo faz parte do projeto de renovação da orla oceânica de Newcastle. Mas por que a pergunta?

— Esses caras vão lucrar muito se for aprovada a nova lei de zoneamento. Já são donos de muitos prédios na região. E a primeira coisa que vão fazer é se livrar dos albergues.

— Concordo. — Jones converteu à direita. — Vou pela Rua 11, porque a Rua 9 está em obras... Mas, de volta aos Peterman, não sei, Al; afinal, trata-se de um duplo homicídio. Os Peterman são empresários. Fazem pressão? Com certeza. Aniquilam a concorrência? Sem dúvida. Mas matar gente?

— Muitas pessoas não consideram *gente* os moradores de rua. Abe raciocinou.

— Bom, eu começaria apurando que tipo de carro os irmãos Peterman dirigem.

— É exatamente o que vou fazer.

Jones dobrou à direita na frente do prédio do *Crier*, ao que Lever exclamou:

— Opa, pare aqui um pouco, por favor! Aquele é o jipe do Rosco. — Apontou. — Preciso falar com ele, mas não atendeu ao telefone o dia todo. Deve estar aí, no escritório de Belle.

Abe conseguiu uma vaga para estacionar meio quarteirão adiante. Baixou o protetor contra sol para mostrar a identificação do Departamento de Polícia de Newcastle, e os dois retornaram a pé ao encontro do jipe. Lever puxou a multa debaixo de um dos limpadores de pára-brisa.

— Ah, vou mostrar para ele... vinte e cinco paus! — Guardou a notificação. — Não levo mais do que cinco minutos. Quer vir junto ou prefere esperar?

— Eu espero.

Lever demorou quase quinze minutos. Voltou nada sorridente.

— Não sei onde o palhaço se enfiou. Telefonei para o apartamento, o escritório... – Dirigiu o polegar à redação do *Crier*. – Belle não está aí, e ninguém sabe onde encontrá-la. Em casa, só atende a secretária eletrônica. Sabe, isso me deixava louco, quando eu e Polycrates éramos parceiros. Eu nunca sabia o que ele estava tramando.

– Onde quer que esteja, deve estar com lama até as orelhas...
– O quê?
– Dê uma olhada nos pneus.

Lever verificou as rodas do jipe. Todas as quatro apresentavam grossa camada de solo marrom-avermelhado.

– Mas onde será que ele esteve?
– Sei lá. – Abe tirou um saco plástico do bolso. – Mas não estou gostando nada disso. – Agachado, colheu amostras da terra e as guardou no plástico. – Acho que deve apreender o veículo, Al. Se Rosco estiver por aí, é a maneira mais fácil de lhe chamar a atenção... Mas tenho a péssima sensação de que ele não está por perto.

– Por que isso?
– Desde quando ele compra tíquetes de estacionamento? – Abe enfiou a mão por uma fresta na capota e baixou o protetor contra sol. O verso exibia a mesma identificação do Departamento de Polícia de Newcastle que ele usava em seu carro.

– Mas onde foi que ele arranjou isso?
– Com ex-colegas, claro!

Lever meneou a cabeça.

Jones refletiu por um minuto.

– Al, estou muito encafifado com essa lama.

O tenente não replicou; em vez disso, ficou olhando o jipe.

– A lama se parece com a que havia nas botas da morta na

rodoviária e nas marcas de pneus no beco Adams – considerou o legista.

– Você acha?

– Vou comparar, Al, mas aposto minha reputação como é a mesma lama.

Do automóvel de Abe, Lever comunicou-se com a delegacia via rádio.

– Al Lever – identificou-se, quando atenderam. – Quero que apreendam um veículo abandonado. Já.

CAPÍTULO

21

No capacho da ensolarada varanda de Belle, Al Lever limpou os pés. Não uma, nem duas, mas três vezes. Enquanto esfregava os sapatos, bateu primeiro a aldrava de latão, depois tocou a campainha e, finalmente, recuou. Um minuto depois, recompôs-se. Precisava informar Belle; não tinha como escapar. Melhor agir profissionalmente. Melhor agarrar o touro pelos chifres.

Ergueu a mão novamente, optando pela campainha como a maneira insistente menos desagradável. Ouviu o som ecoar pela casa, e então a voz aliviada da proprietária:

– Rosco? Onde esteve? Já estou indo!

Lever enrijeceu os músculos faciais. Ser policial era muito difícil em momentos como aquele.

Belle escancarou a porta.

– Al! – O rosto sorridente demonstrou ligeira decepção por não ser o noivo na varanda, para, em seguida, exprimir boas-vindas cordiais e, por fim, metamorfosear-se em temor. – Rosco...?

– Eu posso entrar?

Belle ficou de lado, segurando a porta.

— Encontramos o jipe dele.

Ela analisava o semblante do tenente imaginando telegramas que informavam esposas perturbadas que haviam perdido o marido em alguma terra longínqua destroçada pela guerra. Durante alguns minutos, ficou calada. Então, indagou:

— Quer dizer que Rosco está ferido?

Al pousou a mão em seu ombro.

— Não. Encontramos o carro dele; mais nada. Nenhum vestígio de sangue, nenhum sinal de luta. O jipe estava com os pneus cheios de lama.

Belle abraçou-se, permanecendo imóvel e calada. Al já tinha passado por aquilo inúmeras vezes. Familiares, amigos: todos imaginavam de imediato o pior cenário possível. Ou isso, ou a reação era de negação. Sem dúvida, Belle pertencia ao grupo dos que encaravam a terrível realidade.

— E daí?

— Daí que ele deve ter seguido alguma pista que o levou para fora da cidade...

— Ele não ligou ontem à noite — comentou Belle, transtornada.

— Ele costuma fazer isso?

— Sim. Aliás, tínhamos combinado jantar juntos para comemorar a licença de casamento...

Lever não fez comentários.

— Vamos nos sentar um pouco — sugeriu.

A dona da casa abriu caminho até o escritório.

— Quer tomar alguma coisa? Chá ou café?

— Não, obrigado. — Quase inconscientemente, ele encostou a mão no maço de cigarros no bolso, e então ficou aliviado por Belle não ter visto.

— Esta é uma visita não-oficial, não é, Al? Para dar à noiva as más notícias... — Nervosa, ela se sentou na beirada da escrivaninha, enquanto o tenente se apoderava de uma das cadeiras.

— Ainda não sabemos de nada, Belle; apenas um carro apareceu com as rodas sujas de lama. Tinha esperança de que você preenchesse algumas lacunas dessa história.

Ela refletiu.

— Já é a segunda vez que menciona essa lama, Al. Há algo que ainda não me disse?

Lever hesitou; então, revelou:

— Abe Jones acha que as amostras de solo podem relacionar a morte de Carson à da mulher atrás da rodoviária. Algo lhe diz que a lama colhida dos calçados da mulher e aquela nas marcas de pneus deixadas no beco Adams vieram do mesmo lugar. "Organicamente rica, com alto conteúdo argiloso" foram as palavras dele; ou seja, lama rural.

Belle andava pela sala. Lá fora, o sol brilhava e o ar se aquecia na expectativa de vir o verão. O mundo era verde e dourado; o céu, de um azul sem fim. Como poderiam existir problemas num dia tão lindo como aquele? Rosco poderia estar em perigo, talvez até mesmo... Rechaçou o pensamento e se concentrou em Al.

— Recebi um jogo de palavras cruzadas muito esquisito esta manhã... mais dois telefonemas estranhos... na verdade, apavorantes.

Lever anotava tudo num bloquinho de papel.

— Então, ligaram para cá. Você chamaria isso de ameaça?

— Aí é que está. Ligaram para a casa de Cléo. A charada também foi entregue lá. E ela recebeu um telefonema avisando que "Rosco sumiu em ação". Ela me ligou em seguida; fui até a casa dela... – Belle relatou todo o restante em detalhes, incluindo que Geoffrey Wright ligara do celular a caminho do centro em sua picape.

O tenente franziu o cenho.

– Se o marceneiro não tivesse ligado, você teria conseguido rastrear a origem da chamada anterior. Droga!

– É, foi muito azar – concordou Belle, angustiada.

– Não me agrada o fato de lhe terem telefonado na casa de Cléo.

– Nem a mim. Aliás, isso me dá arrepios, é como se alguém estivesse me seguindo. Tentei tranqüilizar Cléo, mas...

Lever fez outra anotação.

– Pode descrever a voz?

– Bom, a primeira impressão foi de uma gravação. Havia algo de robótico na mensagem, no tom, mas máquinas não conversam com a gente...

– Está enganada, Belle. Já existem gravações que simulam diálogos. Em nove de cada dez casos, é tentativa de extorsão.

Ela digeriu a informação.

– Quando a pessoa ligou de novo, tivemos uma última conversa, mas eu não saberia dizer se era homem ou mulher. Tampouco havia um sotaque discernível. Extorsão? Não sei... Rosco e eu não somos milionários...

– Rosco achou que as palavras cruzadas que você recebeu no domingo em uma caixa de rosas podiam ser de um admirador obcecado ou algo assim, não é mesmo?

Belle confirmou.

– Mas as que colocaram no meu carro esta manhã miravam Rosco, sem dúvida.

Mais uma vez, instintivamente, o tenente quis pegar os cigarros, mas afastou a mão do bolso da camisa.
— Pode fumar, se quiser, Al.
— Não, não. Não quero causar nenhuma tristeza a Polycrates quando ele voltar.

Ambos caíram em silêncio. Então, Belle recapitulou:
— Pediu a Rosco que investigasse o vandalismo contra o albergue...

Lever confirmou.
— Fez isso porque os investidores imobiliários têm amigos influentes... na Assembléia Legislativa, se não me engano. Eis aonde quero chegar: acha que os irmãos Peterman estão por trás das mortes de Carson e da mulher na rodoviária? Nesse caso, o desaparecimento de Rosco também teria algo a ver com isso?

— O condomínio em que Abe mora pertence aos Peterman — comentou Al. — Ele afirma que o negócio é legal... implacável, mas legal.

— Dizia-se o mesmo de J. J. Hill, Al, e também de J. P. Morgan, e de Frick. Cidadãos honrados, todos eles. Mas sabemos que não era saudável se colocar no caminho das práticas empresariais desses cavalheiros.

— Isso não implica assassinato, Belle. Muitos acreditam que as iniciativas dos Peterman beneficiaram Newcastle.

— De fato, eles equiparam os guardas Pinkerton com fuzis, mas como fica a morte de um homem desarmado? O que estou dizendo é que o mundo não mudou com a chegada do novo século. Se tanto, tornou-se ainda menos ético do que antes.

Lever levantou-se e aproximou-se dela.

— Talvez deva se hospedar na casa de alguém por uns dois dias, Belle. Não acho bom você ficar aqui sozinha.

— Rosco disse a mesma coisa — recordou Belle, saudosa.

O tenente tentou descontrair:

— E você concordou na hora, certo?

— Claro, sou a garota mais obediente do mundo.

— É sério... Por que não fica com Cléo? Ou com a sra. Briephs?

Belle arregalou os olhos cinza.

— Eu naquele palácio com a rainha Sara? — Riu um pouco, mas o som saiu meio sufocado. — Vou pensar. — Já estava séria de novo. — Rosco e eu vamos nos casar no sábado, Al...

Lever procurou em seu repertório palavras que fossem de conforto.

— Vão se casar, sim, Belle, exatamente como o planejado. Tem a minha palavra. — Mas sabia que ela era inteligente demais para se deixar enganar. Rosco havia desaparecido, e a única pista não ensejava uma solução fácil ou agradável.

CAPÍTULO

22

—**M**adame está no jardim.
Conduzindo Belle pelo saguão de White Caps, o lar ancestral de Sara Crane Briephs, a criada Emma sorria.

— A sra. Briephs vai adorar vê-la, srta. Belle. Suas visitas sempre lhe fazem muito bem.

Não adiantava pedir que deixasse de lado o *senhorita*; requerer tratamento menos formal equivaleria a sugerir à antiqüíssima criada de Sara que vestisse um conjunto de moletom no lugar do uniforme de tafetá preto com avental branco e gola de renda engomados. Tanto ela quanto a patroa eram tradicionais.

— Obrigada, Emma. Não se incomode. Conheço o caminho.

— Oh, mas não é incômodo algum, senhorita.

A empregada seguia na frente através da mansão notável pela dedicação ao passado. Cortinas de linho adamascado, tapetes persas, vasos de prata e de cristal, assoalhos caprichosamente encerados, mesinhas de mogno lustrosas, e o silêncio que permeava a construção de paredes firmes e linhagem ainda mais consolidada. Ao mesmo tempo, era como se passeasse por um sobradinho da era vitoriana reformado na década de 1920. O fato de uma mansão tão grandiosa ser aconchegante revelava algo sobre a formação de Sara Briephs e seu irmão.

— Madame está muito preocupada com o clima no dia do seu casamento, srta. Belle. Felizmente, o tempo melhorou de ontem para hoje. O mês de maio é irregular às vezes...

Belle mordiscou o lábio. Agora, sabia como fora difícil para Al dar-lhe a notícia de que haviam encontrado o jipe de Rosco.

— De fato — replicou, por fim.

— Espero que a senhorita e o sr. Rosco sejam muito felizes — declarou a criada. — Ou melhor, tenho certeza de que serão.

Belle estampou o que esperava ser um sorriso de alegria.

— Obrigada, Emma.

A empregada abriu a porta que dava na varanda e se pôs de lado, pronta para se retirar. Belle avistou a forma ereta de Sara diante de uma bela roseira com expressão de quem, num segundo, denunciaria a invasão de um exército de pulgões; o que provavelmente faria. Por mais inquietante que tivesse sido a conversa com a criada, percebeu que nada se compararia a dar a notícia do desaparecimento de Rosco à formidável senhora de White Caps.

— Belle, querida! Não ouvi seu carro chegar! — Sara foi ao seu encontro sobre o gramado verde da primavera com a ajuda de uma bengala. Metade do tempo, brandia o instrumento como se fosse uma extensão de seu braço indomável.

Belle forçou outro sorriso e, então, percebeu que não dava mais.

— Rosco sumiu! — desabafou, curta e grossa.

— Como assim "sumiu"? Ele não me parece do tipo que se acovarda, Belle. Sabe que ele está tão ansioso para se casar quanto você.

— Al Lever e Abe Jones encontraram o jipe dele todo sujo

de lama e multado... mas nem sinal de Rosco. A julgar pelo valor da multa, o carro já estava lá havia um bom tempo.

Sara parecia consternada.

— Mas o que Albert acha que aconteceu? — Com um tremor, sentiu o corpo balançar um pouco, e então voltou a se empertigar. Até que desistiu. — Vou me sentar, se não se importa. — Voltou-se para um banco de pedra entalhado. — Seja boazinha e se acomode aqui do meu lado.

Belle obedeceu e relatou toda a teoria do legista-chefe a respeito das amostras de solo colhidas nos dois locais do crime, que poderiam combinar com a lama nos pneus do jipe. Falou também do ataque ao albergue, da indignação de Rosco diante do vandalismo e da decisão dele de pegar os malfeitores.

Sara ficava mais e mais pensativa.

— Que elementos repulsivos — opinou, após algum tempo.

— Os Peterman e os demais que querem comprar a cidade toda.

— Abe Jones afirma que os Peterman são empresários honestos.

— Dizia-se a mesma coisa de J. J. Hill e do sr. Morgan!

Belle sorriu diante do olhar orgulhoso e crítico da velha senhora.

— Os da sua geração podem considerar minha referências antediluvianas, mocinha, mas deveríamos aprender com a história a não repetir os mesmos erros.

— Estou sorrindo porque usei os mesmos exemplos na conversa com Al.

A anciã ergueu as finas sobrancelhas grisalhas, divertida.

— Boa menina! Ainda vamos transformá-la numa *grande dame* autocrática... Naturalmente, tem décadas para praticar.

Belle pegou a mão de Sara, e as duas ficaram em silêncio por alguns instantes: Belle, loira, esbelta; Sara, que já fora mais alta, agora encurvada pela idade, de penteado branco e mantendo a silhueta com determinação. Belle era Sara na juventude; Sara mostrava como Belle ficaria na maturidade.

— Não estou gostando nada disso — declarou, por fim, a senhora de White Caps.

— Nem eu.

— O que posso fazer para ajudar, querida?

Belle hesitou antes de responder.

— Sara, você tem acesso aos poderosos da cidade...

— Se tenho! A família Crane ajudou a construir Newcastle, isso há séculos...

— Então, será que não consegue *sub-repticiamente* se imiscuir nas conexões dos irmãos Peterman: políticas, empresariais, todas, enfim...

— Desconfia só de picaretagem ou de algo mais grave?

— Não sei, Sara...

— Posso avisar meu irmão, o senador... Acontecer uma coisa dessas na cidade dele, no Estado... Imagine a publicidade negativa, se descobrissem que...

— Ainda não, Sara. Mas seria ótimo se conseguisse informações privilegiadas do senador Crane.

— Deixe comigo. — Sara fez uma pausa, o raciocínio ágil cobrindo todos os pontos. — Entretanto, sinto que não está me contando tudo. Falta algum detalhe no seu relato. Os Peterman podem ser tipos suspeitos, talvez até tenham ligações criminosas, mas está sugerindo, ou melhor, está *insinuando* que eles podem estar por trás do desaparecimento de Rosco?

Belle contraiu o semblante.

— Não sei, Sara. Só sei que Rosco sumiu, sem uma palavra; que duas pessoas morreram, muito provavelmente vítimas de interesses escusos; e que os Peterman têm muito a ganhar se os albergues forem obrigados a se mudar. Rosco foi atrás justamente dos dois bandidos que ele achava que tinham sido contratados pelos irmãos Peterman.

Sara permaneceu calada por longo tempo, embora a fauna do jardim continuasse a trinar em êxtase despreocupado.

— Não gosto nada disso, Belle — repetiu. — Nem um pouquinho.

☐☐☐

— Uma palavra de oito letras para "doença" — exigia a voz rude e zangada, a crueldade latente.

— Moléstia — respondeu Belle, tentando avaliar se o interlocutor era homem ou mulher.

— Agora, sete. Especifique. Sete letras... E rápido!

— Pelagra, varíola... — Belle fez pausa, contando mentalmente. — Malária.

— Boa menina! Foi muito bem!

"É uma voz masculina", concluiu Belle. Um homem de boa formação. Olhou pelas janelas do escritório. O dia findava, mas, como Emma observara, o clima abrandava-se. Em Massachusetts, as noites de primavera costumavam ser frias. E Rosco estava por aí. Em algum lugar, onde havia aquela lama. Seu cérebro começava a zumbir. "A estação da lama": era assim que os nativos de Vermont apelidavam a primavera.

— Onde está Rosco?

O interlocutor rosnou desdenhoso.

— Ah, quer saber? Só depois de mais exercícios lingüísticos. Então, *talvez* eu lhe passe alguma informação... *Talvez*. "Fugitivo", *Bellissima*. Oito letras.

— Desertor...

— Ora, Annabella...

— Onde está Rosco? — inquiriu Belle, em tom firme, embora segurasse o fone com a mão trêmula de tensão e medo.

— "Cristo caminha sobre água negra. Em lama negra / Lança-se o Pescador-Rei. Sobre o coração de Corpus Christi / Sobre o toque dos tambores do coral de St. Stephen..." Imagens viscerais, não? Sei que adora poesias, *Bella bambina*. Sabe quem é o autor? — O homem imitava o tique-taque de um relógio, como se contasse os segundos em um programa de televisão.

— Robert Traill Spence Lowell — murmurou Belle, meio sem fôlego.

— Não ouvi, querida!

— Robert Traill Spence Lowell, nascido em 1917...

— Muito bem! Estou impressionado. Agora, uma palavra para "mal", *ma petite belle*, um adjetivo. Oito letras. E, lembre-se, a rapidez é essencial.

— Horrendo... — começou Belle, passando a mão na fronte, a cabeça latejante. — Perverso, satânico, odioso...

— "Odioso" tem seis letras! Nada feito! Pensei que fosse mais inteligente. Que pena. Vou me despedir agora. — Uma música que poderia ser o alarme de um relógio de pulso barato tocou do outro lado da linha telefônica.

— Por favor — implorou Belle. — Onde está Rosco? Por favor... Quem quer que esteja por trás dos ataques à missão do padre Tom... a Freddie Carson... e à mulher atrás da rodoviária... Rosco não sabe de nada...

O interlocutor soltou uma risada perversa.

— Isso é o que você pensa, doçura!

Belle chorava de raiva.

— Onde é que ele está?

— "Odioso"... que palavra interessante. Vamos tentar uma derivação. Pronta, Belle?

Ela sentia a boca seca, a língua tropeçava nas palavras.

— Francês. *Haïr*, odiar. *Haine*, ódio.

— Muito bom! — O interlocutor cantarolou grosseiramente outra canção, encerrando com uma desafinada versão da *Marcha nupcial*. — Que tal mudarmos de assunto, *Bella*? Como Daniel Webster...

— Por favor — suplicou Belle. — Vamos conversar...

— Daniel Webster! — foi a resposta furiosa.

— Estadista — identificou ela. — Orador extraordinário, senador dos Estados Unidos...

— Secretário de Estado no governo William Henry Harrison... A famosa campanha "cabana de madeira e cidra..." Tem essas informações ao alcance da mão, Annabella? Não, claro que não. Tem facilidade com as palavras, professa amor pela poesia, mas seu conhecimento está longe de ser enciclopédico! — Seguiu-se uma gargalhada, após a qual o interlocutor cantarolou outra melodia adulterada e finalmente voltou a falar. — Cães... Eis outro tema interessante. O lebreiro: raça de cão de caça inglês conhecida desde a época dos normandos... o bouvier des Flandres; o kuvasz, húngaro de origem... e o puli: bom pastor... o mexicano sem pêlo... Já viu um mastim tibetano?

Como Belle não respondia, o interlocutor mudou de assunto outra vez, ainda mais tirânico e exigente.

— Sabe o que quero que faça agora, Belinha? Quero que elabore palavras cruzadas *para mim*... bonitas e simétricas, de modo que eu possa dobrar em quatro, em oito, combinando cada pedacinho. Entendeu?

— Primeiro, diga-me onde está Rosco...

— Nada disso! Uma coisa pela outra, *Bellissima*. Quando terminar, coloque sob seu capacho... Ou melhor, no chão da varanda, com um pé do banco de vime prendendo-a. Entendeu?

— Entendi. Mas e Rosco?

— São seis horas mais ou menos. Tem até as onze horas...

Belle engoliu em seco.

— Não é tão boa assim, acertei, doçura? Está bem. Tem até a meia-noite. Como diz a canção... Tudo vai se *acabar*... Ah, o tema... Qual o título da minha última charada? "Não é sonho", do velho Edgar Allan Poe... "Helen, tua beleza é para mim..." e toda aquela ladainha.

Belle aquiesceu sem emitir som, e então conseguiu sussurrar:

— Quer que eu elabore palavras cruzadas.

— O título será "Fique junto do seu homem." Com certeza, não lhe faltará inspiração! Ah, e continue guardando o nosso segredinho, viu? Para seu próprio bem... "Tudo está bem quando termina bem", afirmam os sábios. Não estoure o prazo. Lembre-se, tem até a meia-noite. — O interlocutor cantou uma espécie de hino fúnebre e desligou o telefone.

Belle pôs o fone no gancho e fitou o aparelho por muito tempo. Quando se lembrou de rastrear a origem da ligação, o telefone tocou. Sobressaltada, rangeu os dentes.

— Alô?
— Belle, é Al. O que foi? Você parece apavorada...

As palavras escaparam sem que ela pudesse contê-las:

— Rosco foi raptado por algum maluco! Eu ia rastrear a chamada quando você ligou.

— Estou indo para aí — disse o tenente sem pensar.

— Não, a casa está sendo vigiada!

— Mas não posso deixar você aí...

— Al, preciso desligar. O biruta me mandou elaborar palavras cruzadas. Tenho só seis horas!

— Mas...

— Al, não tenho tempo! — Belle grunhiu, frustrada e aflita.

— Vou providenciar vigilância...

— Não pode, Al! O sujeito vai ver! Deve estar me vigiando neste exato momento... Preciso desligar.

FIQUE JUNTO DO SEU HOMEM

Grupo da árvore genealógica que concede o último nome aos descendentes	▼	Nome comercial de desinfetante líquido / Material do exame de paternidade (sigla)	O herói do filme policial / Botequim	▼	A maior potência mundial	Aumento (?): reivindicação feita geralmente através de greves
Fruto chamado amora-vermelha ▼ ▶		▼	▼		▼	▼
		◀ Querido, em inglês	Aborrecer; instigar ▶			
Cidade do Canadá ▶						Atleta como Emerson Iser Bem
Despre-zível						
▶		Relativo à Grécia Antiga	Que apresenta certa relação	André Malraux, escritor francês ▶		▼
Diz-se do juiz incorruptível ▶		▼	▼			
Despachar desfavoravelmente ▶						
Ùnica vitamina produzida pelo corpo humano ▶		Capital do Peru ▶			Auxilia os alcoólatras (sigla) ▶	
	(?) e uma: grande quantidade	▼	Não inicia palavra em português ▶	Lev Tolstoi, escritor russo ▶		
Todo homem tem uma ▶						Preparei no forno
Átomo que ganha ou perde elétrons	Decifrei o código da escrita ▶		Escocês, em inglês ▶		▼	
▶		▼ Eu, tu e eles		▼	A maior de todas as alianças militares (sigla) / Pai do príncipe	
Esporte praticado em enduros ▶					▼	
▶		Hiato de "poeta" ▶		Evangelista Torricelli, físico italiano ▶		
Obra do doutorando	"Se um homem morder um cachorro, isso é (?)", frase de John Bogart ▶					

BANCO

3/ion − vil, 4/dear − otan − scot, 8/creolina − helénico.

CAPÍTULO 23

—**M**as por que fez isso, Al? A pessoa me disse para não contar nada a ninguém. Você providenciou uma equipe de vigilância. Qual é o fundamento lógico por trás da decisão?

Às seis e quarenta e cinco da manhã, o céu começava a ficar azulado e rosado, mas os dois rostos que se entreolhavam no escritório de Belle estavam longe de parecer felizes. Belle não havia pregado o olho a noite toda, nem Al.

— Se tivesse me contado que o local da entrega era a varanda da sua casa, eu teria pensado em algo totalmente diferente, Belle...

— A pessoa me disse para não...

— Vamos esclarecer umas coisas. Primeira, eu estou do seu lado, e quero encontrar Rosco tanto quanto você. Segunda, não vou deixar a noiva do meu melhor amigo se engalfinhar com um psicopata que, tenho todos os motivos para acreditar, anda espreitando você...

— Não é atrás de mim que ele está.

— Você não sabe, Belle! Além disso, Rosco supunha que fosse *você* o alvo, não ele.

— Mas uma equipe de vigilância, Al...

— Disfarçada, Belle. Sempre estão consertando a tubulação do esgoto nas ruas; esta cidade é velha. Os canos furam a toda hora...

— Tenho certeza de que o maníaco já percebeu que tem alguma coisa errada, Al. Não estou culpando você por tentar me ajudar, mas sei que é por isso que ele não estabelece contato.

— Fatigada, Belle passou a mão nas palavras cruzadas não retiradas. O cansaço fazia seus olhos lacrimejar. Não havia nem comido nem tomado água nas últimas horas.

— Você *está* me culpando, sim, Belle. E está zangada e perturbada, assim como eu. Mas isto é caso de polícia. Tomei a decisão baseado nos fatos. Incompletos, pelo que vejo agora... Mas o que temos, afinal? Um provável duplo homicídio, um potencial rapto... O que é que eu faço, me fale? Fico sentado esperando o demente atacar outra vez? Quem quer que tenha levado Rosco não terá a menor dificuldade em pegar você também...

— Porque sou mulher? — De queixo rígido, Belle falava num tom duro.

— Porque não deve pesar nem cinqüenta quilos. Não poderá fazer muita coisa se um homem atacar você.

Belle refletiu por um instante.

— Então, o que vamos fazer agora?

— Aguardar novo contato.

— Ele não vai ligar se você estiver aqui.

— Está enganada. — Al era todo controle e profissionalismo. Belle desejou desesperadamente acreditar nele. — Esses doentes mentais adoram brincar com a polícia. Confie em mim.

Belle fechou os olhos e, então, os reabriu lentamente.

— Aceita um café, Al?

— Com muito prazer.

Ao seguirem para a cozinha, o tenente pegou as palavras cruzadas.

— Como consegue fazer isto? — O tom era de falso entusiasmo, como se na verdade quisesse confortá-la.

Belle tentou imitá-lo.

— Segredo de Estado. — E acrescentou um igualmente insincero: — Espero que goste de café forte.

Al analisou a charada.

— "Fique junto do seu homem"...? Ah, já entendi. Tem de usar a palavra *homem* como referência nas dicas ou nas respostas, é isso?

— 10-vertical: MARATONISTA — recitou Belle. — 2-vertical: FAMÍLIA DO HOMEM... Sou capaz de recordar cada uma até dormindo.

— Se conseguisse dormir.

— Pois é... Acha mesmo que a pessoa vai ligar com você aqui, Al?

— Aposto meu distintivo. Não notou nada na entonação da pessoa? Algum sotaque, um tipo de fala diferente?

— Nada que eu já não tenha comentado com você: voz metálica e o irritante hábito de alternar linguagem erudita com termos comuns...

— Talvez seja esquizofrênico...

Belle serviu mais café para os dois e olhou para o relógio na parede.

— Já passa das sete.

— Ele vai ligar, Belle. Dementes não ficam muito tempo sem estabelecer contato.

Como se aguardasse a deixa, o telefone tocou. Al bateu a caneca no balcão, derramando um quarto da bebida. Ergueu a mão pedindo a Belle que esperasse até ele pegar a extensão no escritório.

Três toques intermináveis soaram antes que o tenente autorizasse, e ambos pegaram os fones ao mesmo tempo.

— Alô? — Belle estranhou a própria voz horrorosamente artificial. Se o interlocutor misterioso ainda não desconfiava de que havia mais alguém na casa, adivinharia naquele momento.

— Annabella Graham? — A voz masculina transmitia nervosismo.

Belle não acreditava que fosse a mesma pessoa autoconfiante que lhe telefonara treze horas antes. Esquizofrenia, lembrou-se.

— Elaborei as palavras cruzadas — informou, adiantando-se.

— O... o que quer que eu faça com elas agora?

Seguiu-se uma pausa tensa.

— É Annabella Graham quem está falando?

Belle engoliu em seco.

— Sim. — Pensou em perguntar de Rosco, mas decidiu saber primeiro o que o outro queria. — Aqui é Annabella Graham.

— Desculpe-me por ligar tão cedo...

Belle esticou o fio do telefone ao máximo, mas nem assim conseguia ver a sala e o resto da casa.

— Ah, tudo bem...

— É que é tão difícil pegar as pessoas em casa...

— Olhe, senhor...

— Oh, aqui é Russ Parrotti! Perdão, eu devia ter-me apresentado logo de cara. Russ Parrotti, do *Boston Sentinel*. Parrotti, não Perot, e Russ, não Ross. — O sujeito chamado Russ riu, mas não Belle. — Srta. Graham, apenas gostaria de confirmar os dados que passou a uma de nossas colaboradoras, Elise Elliott...

— Quem?

— Minha função no *Sentinel* é confirmar as informações. Mais uma vez, srta. Graham, lamento a inconveniência do horário...

— Olhe, sr. Parrot...

— Parrotti.

— Sinto muito, sr. Parrotti, não posso falar agora. Estou esperando um telefonema muito importante. — Belle bateu o fone no gancho sem aguardar resposta.

Lever juntava-se a ela segundos depois.

— Não era ele?

Ela fez que não. Então, distraidamente, começou a limpar o café derramado.

— Tem certeza? — inquiriu o tenente.

Belle voltou os olhos aterrorizados para ele.

— Vou rastrear a ligação, só para desencargo. — Lever digitou uns números no aparelho, anotou os resultados, ligou para a companhia telefônica de Boston e rabiscou o número da central de atendimento do *Sentinel*. — Esse Russ Parrotti pode ser o cara, sim.

— Como assim "pode ser"?

— Os psicopatas costumam levar vida discreta, exercendo funções tranquilas. É como uma camuflagem.

— Mas Parrotti está em Boston...

— Que fica a apenas uma hora daqui, no máximo.

Belle deixou-se cair numa cadeira. Sentia-se prestes a chorar. Foi quando o telefone tocou novamente. Al correu para pegar a extensão, mas, quando ainda estava no meio da sala, Belle atendeu.

— Meu número não consta na lista. Agora, livre-se do tira.
— A ligação desfez-se.
— Tudo bem, foi engano — afirmou Belle ao telefone, quando Al pegou a extensão.

Então, pôs o fone no gancho, estampou um sorriso confiante e saudou o tenente que voltava:
— Quer saber, Al? Ainda nem tomamos o desjejum, e minha geladeira está vazia. Você me faria o favor de ir comprar uns ovos no mercadinho da esquina, enquanto fico aqui esperando a ligação? — Foi quando se deu conta de outro detalhe.
— Oh, mas eles não abrem tão cedo! Acho que terá de ir ao supermercado...
— Não vou sair daqui, Belle. Não estou com fome.
— Mas eu estou, Al. Olhe, prometo não atender ao telefone, enquanto você não voltar. Que tal assim?

Lever refletiu um pouco:
— Mais fácil ir comprar algo pronto do Lawson's. Torradas, omelete...

Belle alargou o sorriso, contando os minutos mentalmente. O tenente levaria de vinte a trinta minutos para ir e voltar, *se* a cafeteria não estivesse muito movimentada naquela manhã.
— Ótima idéia!
— O que quer?
— Você escolhe, Al. Não quero mais tomar nenhuma decisão.

☐☐☐

Quando o telefone tocou de novo, Belle já estava preparada.
— Vou tentar — declarou ao interlocutor, depois que ele fez a exigência, curto e grosso. — Trata-se de um jornal, e sou apenas...

Uma cadeia de imprecações a interrompeu, seguindo-se outra indagação.

— Farei o que puder, prometo... Mas e Rosco?

— Ainda estou pensando, pequena Annabel... "Em seu sepulcro lá a beira-mar... Em sua tumba junto ao mar sonante." Também de Poe. Agora, corra ao *Crier*, e então voltaremos a conversar, Annabel.

CAPÍTULO 24

No primeiro encontro, Kit não soube avaliar Rosco. Para começar, era o único ser humano que já conhecera que não reagia nem contra nem a favor a uma amigável lambida na cara. Ele nem se mexeu quando ela passou a língua em seu rosto com a barba por fazer; não abriu os olhos, nem desviou a cabeça para o lado; muito menos a despachou para o outro lado do cômodo gritando: "Suma daqui!"

O que Kit não sabia era que Rosco estava entorpecido devido a uma dose de metilomorfina que lhe haviam ministrado trinta e seis horas antes. Ele não estava morto; na verdade, apesar do frio no porão, seu corpo mantinha-se aquecido, tanto que a cadelinha já passara duas noites geladas bem juntinho dele, o que beneficiou a ambos, considerando que o local ficara sem aquecimento por algum tempo.

Por volta das onze horas da manhã, o sol já alto no céu começou a se filtrar pela única fresta que ligava aquele cômodo ao mundo exterior: uma janelinha retangular na junção do teto com a parede. Para se olhar através do vidro sujo, só ficando de pé em cima de uma cadeira, mas a localização difícil não impedia a luz bem-vinda de entrar, os raios esquentando aquele ponto do chão imundo. Como Rosco não se mexia mesmo, Kit foi se encolher sob o sol. Já dormitava quando Rosco finalmente deu sinal de vida, emitindo um longo gemido de dor. Kit levantou-se num salto e trotou até ele, lambendo-lhe o rosto mais uma vez.

— Arrrgh... — Virando a cabeça, Rosco quis enxugar a umidade da face, mas descobriu que estava com as mãos presas às costas, e os tornozelos também atados com fita adesiva. Em meio a densa névoa, aos poucos foi recobrando a memória, imaginando a princípio que se transformara numa minhoca gigante toda machucada e dolorida. Concebeu também um enorme anzol, ele mesmo sendo a isca, e o mergulho no oceano frígido.

Após mais alguns gemidos, Rosco adormeceu novamente e então, devagar, foi acordando. Rolou para um lado e se apoiou contra a parede, arrastando-se até conseguir ficar sentado.

— Bom... — murmurou, de olhos cerrados — estou vivo. Melhor do que nada.

Kit interpretou as palavras como sinal de bom humor e fincou as patinhas no peito dele, para lamber o rosto. Rosco abriu os olhos por um instante, fitou a cadelinha e os fechou de novo, cogitando como fora parar todo amarrado num fétido porão gelado, tendo apenas um filhote de cão por companhia. "Os dois bandidos que haviam atacado o albergue!", lembrou-se, de repente. As palavras cruzadas misteriosas que Belle recebera, a caixa de rosas vazia e Freddie Carson. Pouco a pouco, o quadro completou-se em sua mente.

Rosco abriu os olhos.

— Como está, Kit? — Piscou várias vezes e sacudiu a cabeça num esforço para ordenar os pensamentos. Sentia o coração des-

compassado. – Acho que não tem café fresco aqui, tem? Nem aspirina...
A cadelinha voltou a lhe lamber o rosto.
– E um telefone celular, seria pedir muito?
Kit respondeu com um ganido, enquanto Rosco encostava o queixo no peito, atacado por uma onda de náuseas. Lentamente, melhorou.
– E uma faca? Ou uma navalha? Será que você não consegue roer a fita nos meus pulsos?
Kit pulou do colo dele, voltou para o lugarzinho ensolarado e latiu, certa de que não havia maneira melhor de passar o dia.
Rosco gemeu outra vez, sentindo a boca seca.
– Não conhece nenhum jeito de sairmos daqui, conhece, Kit?
Rosco olhou em torno, na tentativa de se orientar, mas nada no lugar lhe parecia sequer remotamente familiar. Antigas paredes de pedra, teto de vigas aparentes, chão de terra que devia ter sido batida havia uns cem anos. Podia estar tanto em Newcastle como no Alasca. Esticou as mãos atadas para o lado direito do torso e avistou a face do relógio de pulso. Demorou um pouco para acreditar na hora e na data que apareciam no mostrador.
– Mas já é quarta-feira? O que aconteceu com a terça?
Kit latiu de novo.
– Também está aqui desde terça-feira? – Rosco analisou o ambiente, reparando pela primeira vez nas tigelas com comida pela metade, na água em panelas avulsas, nos jornais que serviam de banheiro à cadelinha. – Parece que fomos atirados no calabouço.
Plantando os pés no chão, arrastou-se parede acima até

ficar de pé: instável, dolorido, porém ereto. A cabeça piorou em relação à posição sentado; tinha a impressão de que fora golpeado. Quando olhou de um lado a outro, a dor nas têmporas intensificou-se, e sobreveio outro espasmo de náusea. Quando melhorou, deslocou-se aos pulinhos até a porta, virou-se, a fim de encaixar as mãos na maçaneta, e tentou girá-la. A porta não abriu. Imprimiu mais força, mas estava mesmo trancada.

— Kit, acha que, se eu gritar a plenos pulmões, a polícia chega num instante?

A cadelinha inclinou a cabeça para o lado, parecendo confusa.

— Deixe para lá... não é para responder.

Cruzando o cômodo devagar, Rosco tentou olhar através da vidraça. Via uma grade metálica e um pedacinho do céu, mas nada que indicasse se aquele porão ficava em algum local ermo de Newcastle, no subúrbio ou no campo. Não chegava nenhum barulho de fora; se houvesse, era fraco demais para alcançá-lo ali. A julgar pela ausência de sirenes, de bruscas freadas de ônibus e de buzinadas iradas, estava muito longe da cidade.

— Bom, Kit, parece que vamos passar algum tempo aqui. Você não trouxe baralho, trouxe?

Como não tinha rabo, a cadelinha balançava os quadris. Parecia feliz; afinal, Rosco não era tão chato.

CAPÍTULO 25

Belle saiu do elevador no quinto andar do prédio do *Crier* e deparou com o caos de sempre: editores correndo de porta em porta, sempre duvidando da capacidade dos repórteres de redigir um texto inteligível, pressionando os encarregados de checar as fontes, ameaçando processar e berrando prazos finais:
— Olhe a hora, pessoal, olhe a hora! — Era o que mais se ouvia naquela quarta-feira especificamente.

Por causa desse redemoinho, Belle preferia criar suas charadas em casa. O silêncio era artigo de luxo na redação do *Crier*.

— "Fique junto do seu homem."

Belle voltou-se abruptamente para a direita e viu quem falara.

— O que foi que disse?

— "Fique junto do seu homem." Não é a música de Tammy Wynette? Você a cantarolava no elevador. Nervosa com a proximidade do casamento, Belle?

Ela levou alguns segundos para reconhecer Wally, um dos encarregados da sala de imprensa. Forçou um sorriso descontraído.

— Desculpe-me, Wally, você está certo. Ando um pouco estressada com os detalhes da festa.

— Ora, *no problem*, também fiquei nervoso na semana do meu casamento... mas já está durando cinco anos. — Wally mostrou a aliança na mão esquerda. — *Buona fortuna, Bellissima!* Agora, preciso ir. — Apressando-se pelo corredor, adentrou a porta de vidro da sala de imprensa.

Belle observou-o cautelosa. *"Bellissima..."* pensou, rumo ao cubículo de Jerry Powers. Bateu na porta duas vezes e entrou sem aguardar autorização. Assim como Rosco, o editor do caderno de lazer do *Crier* já beirava os 40 anos; mas, ao contrário de Rosco, apavorado com o envelhecimento, já se tornara adepto das tinturas e géis capilares, que mandava aplicar nos cabeleireiros mais extorsivos. Também era viciado em café.

No momento, Jerry estava de pé diante do fax esperando o fim de uma transmissão. Quando viu que tinha companhia, alisou os cabelos penteados com gel.

— Só um minuto, sim, Belle? Mudaram a data de lançamento do novo filme de Spielberg. Puxa! Odeio essas mudanças de última hora! Stevie bem que podia colaborar... — Arrancou o documento da máquina e retornou à escrivaninha. — Só vou anotar esta alteração, antes que me esqueça... Adoro Hollywood.

— Registrou algo no calendário de mesa e, finalmente, se voltou para a visitante. — Mas o que há?

Belle sentia o queixo rígido.

— Jerry, preciso trocar as palavras cruzadas de hoje. — Estendeu-lhe o envelope que continha a charada "Fique junto do seu homem". — Temos de publicar estas.

— Só pode estar brincando...

— Não. É muito importante.

— Mas não dá, Belle. Não posso fazer uma alteração dessas

tão em cima da hora. Sabe como é... estou até as tampas de trabalho. Primeiro, Spielberg; agora, você...
— São do mesmo tamanho, Jerry. É só substituir. Uma pela outra. Já está formatado...
— Não, Belle. Não dá mais tempo.

Belle tossiu discretamente.

— É uma ordem de cima.
— Como assim "ordem de cima"?

Belle previra a dificuldade. Jerry era muito simpático, sempre tinha uma história divertida para contar; entretanto, apesar da agitação movida a cafeína, era intrinsecamente folgado e não gostava que o pressionassem. Mas ela precisava convencê-lo de alguma maneira, e sem demora. O interlocutor misterioso deixara bem claro que as palavras cruzadas deveriam ser publicadas naquela quarta-feira. "Assim, Bella-Bella, eu vejo a charada, mas nem você nem o tira me vêem", explicara o psicopata.

— Jerry, precisamos fazer essa troca — insistiu, disfarçando a mentira. — É um problema legal, entende?

— Legal? De que diabos está falando?

— Telefonaram-me hoje, logo cedo. Há um problema com as palavras cruzadas programadas para hoje. — O próximo desafio de Belle era recordar as palavras cruzadas que o *Crier* publicaria naquela quarta-feira, mesmo apostando como Jerry também não sabia qual era. — Veja bem, as palavras cruzadas de hoje...

— Qual o tema?

— Você não viu?

— Ahhh...

— Deixe para lá, isso não importa. O fato é que o departamento jurídico do jornal detectou um problema e mandou suspender a publicação. Não tenho tempo para explicar os detalhes, mas, se duvida de mim, é só confirmar! — Belle tinha certeza de que Jerry não entabularia conversa com os advogados do periódico, pois a iniciativa lhe roubaria no mínimo uma hora.

— Tem certeza?

— Eu não estaria aqui tomando seu tempo, se não tivesse certeza. O jurídico assegurou que seremos processados. Estão suando frio lá em cima!

Jerry tomou-lhe o envelope pardo.

— Droga, odeio essas mudanças de última hora! Por que não viram isso antes?

— Sei lá. E eu tive de montar uma grade novinha em folha em tempo recorde!

☐☐☐

De volta ao seu cubículo na redação do jornal, Belle trancou a porta, algo que nunca fizera antes, mas nem assim abafou o barulho que vinha do corredor. Desabando na cadeira, encostou a cabeça na mesa. Tinha vontade de chorar, mas sabia que era inútil, além de ser um sinal de fraqueza. Agora, tinha de esperar a edição de quarta-feira do *Crier* chegar às bancas, às quatro e meia, quando o esquizóide compraria um exemplar, veria as palavras cruzadas encomendadas e, finalmente, faria novo contato.

Lentamente, empertigou-se e olhou para o edifício do banco do outro lado da rua. Na ala do extremo leste do sexto andar, sete janelas adjuntas exibiam grandes letras maiúsculas vermelhas. Juntas, informavam "Aluga-se".

— É isso! — exclamou. Abrindo a lista telefônica, começou a

folhear. — Peterman... Peterman... aqui! Irmãos Peterman Imóveis... Argus Enterprises. — Digitou os números no telefone e aguardou. Atenderam ao primeiro toque.

— Argus Enterprises. Com quem gostaria de falar?

— É que passei na Rua 5 e vi apartamentos à venda num prédio em frente ao Abrigo Santa Margarete, o albergue feminino. Gostaria de mais informações...

— Um segundo, vou transferir para um corretor.

— Obrigada.

Belle tamborilava os dedos na mesa. Para ela, transcorreu uma eternidade até que alguém atendesse.

— Janice Lane falando. Em que posso ajudar?

Belle repetiu a solicitação.

— Oh, claro, senhora...

— Srta. Carol Lewis — inventou Belle.

— Ahhh... Lewis Carroll ao contrário! Perdão, devem brincar a respeito o tempo todo.

— Menos do que imagina — assegurou Belle, surpresa com o fato de uma corretora de imóveis relacionar tão prontamente seu nome fictício ao do autor de *Alice no País das Maravilhas*.

— Bem, srta. Lewis, os apartamentos na Rua 5 ficarão ótimos depois de prontos. Eles têm uma vista espetacular. Os andares superiores foram projetados de modo a se aproveitar ao máximo o panorama do porto. Gostaria de agendar uma visita?

— Hoje mesmo, seria possível? É que sou de Boston e gostaria de voltar no trem das quatro.

— Vejamos... podemos nos encontrar lá em quarenta e cinco minutos. Que tal?

— Bem, srta. Lane...

— Janice, por favor.

— Janice, é que estou a apenas um ou dois quarteirões da imobiliária Peterman. Seria possível nos encontrarmos aí e, então, irmos juntas ver os apartamentos?

— É possível, sim, se não reparar na nossa bagunça aqui. É que estamos em reforma. Saímos daqui cobertos de pó! — A corretora riu. — Não vá ficar com má impressão da Argus Enterprises, sim?

— Imagine.

— Bem, eu avisei. Daqui a meia hora, então? Pelo jeito, sabe onde estamos.

— Em meia hora, está perfeito.

— Trabalho na cobertura do prédio. Basta dizer à recepcionista que marcou comigo.

O telefone de Belle tocou segundos depois. Ela hesitou, dividida entre a ansiedade e a repulsa por falar novamente com o interlocutor misterioso. A emoção a fez erguer o fone, mas então a telefonista já desviara a ligação para sua caixa-postal. Digitando o código, ouviu a mensagem aflita de Al Lever:

— Belle, onde diabos se meteu? Você é ainda pior que Rosco, como se isso fosse possível. Não é à toa que vão se casar. Isso não teve graça, viu? Tem um maluco à solta por aí. Se foi ele quem pegou Rosco, não terá a menor dificuldade em sumir com você também. Ligue assim que receber este recado, entendeu? Estou indo para a delegacia.

Após desligar o telefone, Belle sussurrou:

— Lamento, Al.

☐☐☐

Na verdade, o edifício do *Crier* não ficava próximo da imobiliária Peterman, e Belle teve de correr para chegar lá em meia hora. A firma funcionava em um prédio pós-Segunda Guerra idêntico a tantos outros em Newcastle: tijolos aparentes, fileiras de janelas sem qualquer estilo. O saguão de entrada era igualmente sem graça, mas talvez melhorasse após a reforma. Tapetes de papelão marrom cruzavam-se sobre o piso de mármore em preto-e-branco e uma grossa camada de pó cobria tudo.

Belle se dirigiu para os elevadores, entrou em um deles e apertou o botão referente à cobertura. Subiu sozinha os dezessete andares. Quando as portas se abriram, sentiu um cheiro forte de tinta fresca e de terra recém-revolvida.

— Ei, Stu, a planta diz trinta metros, não quarenta! — gritou alguém.

Belle saiu do elevador, deixou passar um operário com um balde cheio de terra e aproximou-se da recepção.

— Sou Bel... — Tossiu. — Perdão, acho que estou com poeira na garganta.

A funcionária sorriu.

— Já faz um mês que estamos em obras. Estão reformando o terraço. Quero só ver como vai ficar.

— Vai ficar ótimo. — Belle observou um operário sair do elevador de serviço com uma muda de bétula-branca com vários troncos entrelaçados e empurrar o carrinho pelo corredor até a porta que dava no terraço. — Marquei hora com Janice Lane. Meu nome é Carol Lewis.

— Ah, ela está esperando. Na direção daquela árvore, última porta à esquerda. Vou interfonar avisando que a senhorita está a caminho.

Quando Belle alcançou a dita porta, Janice foi recebê-la. Era um pouco mais alta e um pouco mais velha do que Belle, uma belíssima afro-americana de cabelos compridos em intrincado rastafári. Ela estendeu a mão, e Belle sentiu-se culpada por mentir sobre seu nome e interesse em adquirir um apartamento.

– Eu sou Janice, srta. Lewis.

– Carol, por favor.

– Está bem. – Janice indicou as árvores que se deslocavam e sorriu. – Viu só como está isto aqui? Agora entende por que sugeri que nos encontrássemos na Rua 5.

– É que eu estava bem próxima – explicou Belle, sorridente. – Mas o que estão fazendo? – Pela janela atrás da escrivaninha da corretora, viam-se oito ou nove operários carregando terra, plantando mudas de árvores e arbustos e construindo plataformas, pérgulas e treliças de madeira em vários níveis. Era como se tentassem reproduzir um jardim campestre... e estavam conseguindo.

– Ah, é que os Peterman enjoaram do paisagismo anterior... e jogaram as plantas velhas fora, pode? Os funcionários não gostaram nada disso. Consegui salvar alguns exemplares, mas a empresa é deles... e sei que vai ficar lindo quando a obra terminar. Trocaram até a terra; daí, tanta sujeira. O solo novo veio da fazenda em New Hampshire...

– Fazenda de quem?

– Do sr. Peterman mais jovem, Otto. É uma grande propriedade perto de Plymouth. Deve ser um espetáculo. Mas que tal irmos no meu carro? Durante o trajeto, pode verificar os prospectos e as opções de financiamento. Tenho certeza de que vai adorar os apartamentos.

— Vamos, sim. Mas, antes, importa-se se eu for ao terraço apreciar um pouco a vista?

— Se não se incomodar em sujar os sapatos...

Janice abriu caminho até o deque na cobertura. Abrangia toda a ala sul do edifício, uma área de quinze por vinte metros de onde se podia contemplar toda Newcastle, mais a Buzzards Bay estendendo-se até o horizonte.

— É indescritível — opinou Belle.

— Concordo. E o sr. Peterman se considera um horticultor.

Belle inclinou-se sobre uma grande floreira de concreto, pegou um punhado de solo fresco e o aproximou das narinas.

— Hummm... nada como este cheirinho de terra! Após tanto tempo na cidade, a gente se esquece...

Janice riu.

— Parece Otto Peterman falando.

— Janice! — gritou alguém do outro lado do terraço. — Não podem ficar aí. Só os operários têm acesso, até terminarmos a obra.

Um homem alto beirando os 40 anos aproximava-se a passos largos. Trajava terno de grife com suspensórios sobre a camisa feita sob medida. A aura era de alguém que viera do nada e enriquecera do jeito mais difícil. Belle enfiou o punhado de terra no bolso, esforçando-se para embrulhá-lo num lenço de papel.

— Desculpe-me, sr. Peterman — disse Janice. — Esta é a srta. Lewis. Estamos indo ver os apartamentos na Rua 5, mas ela pediu para conhecer o jardim antes.

Otto Peterman estendeu a mão.

— Srta. Lewis.

Belle o cumprimentou.

— Prazer.

— A senhorita me parece familiar. Já não nos conhecemos? Do iate clube, talvez? Ou do jantar dançante no navio, ano passado?

— Creio que não... sou de Boston. — Apreensiva, Belle sentia uma gota de suor formando-se na testa.

— Mesmo? Podia jurar que já a vi antes. Leio um jornal de Boston... será que não publicaram sua foto?

— Acho pouco provável.

— Mas, então, pretende se mudar para Newcastle? Em que a senhorita trabalha?

Belle demorou alguns segundos para encarar Otto Peterman.

— É que... perdi meu noivo, entende?

— Oh, lamento — foi a resposta constrangida. — De qualquer forma, peço-lhes que saiam do terraço. É uma questão de segurança.

— Claro que sim. Foi um prazer conhecê-lo.

Belle e Janice retornaram ao escritório.

— Ele é um bom patrão — elogiou a corretora. — Só meio brusco, às vezes. Lamento por seu noivo. — Solidária, a moça pousou a mão em seu ombro.

Belle sentiu-se ainda mais culpada.

— Ele não morreu, Janice. Ao menos, espero que não! Apenas... sumiu.

A corretora sorriu.

— Sei como se sente. Também já passei por isso. Sei que não é da minha conta, mas vou lhe dar um conselho: mude-se o quanto antes. O que não falta nesta cidade é homem!

CAPÍTULO 26

Durante o trajeto entre a imobiliária e o prédio de apartamentos, Belle folheou os prospectos de propaganda, sentindo-se cada vez mais desconfortável. Diante de uma corretora tão gentil e prestativa, gostaria de poder retribuir com a mesma generosidade e sinceridade. "Tenha em mente a recompensa. Precisa encontrar Rosco", recordava, sem parar. Mas a dissimulação a incomodava cada vez mais.

A sensação piorou quando Janice estacionou o carro bem na frente do Abrigo Santa Margarete. Algumas internas fumavam na calçada, incluindo Rayanne, que ignorou a chegada do automóvel de luxo, mantendo-se de costas para o meio-fio. Mas Belle sabia que a atitude desafiadora não duraria muito. No fundo, Rayanne era franca e ingênua; sua curiosidade era tão natural quanto respirar.

— Acho que é proibido estacionar aqui — murmurou Belle, na esperança de que a corretora se afastasse dali com o carro.

— Não se preocupe. — Janice tirou da bolsa um cartão no qual se lia "Argus Enterprises" e o colocou-o no painel. — Bem, os Peterman têm amigos na Assembléia Legislativa. Fazer o quê? É uma das vantagens de se trabalhar para a Argus.

Janice saltou e contornou o veículo até o lado da passageira. Belle observava Rayanne com o rabo do olho e só saiu quando achou que era seguro.

— Primeiro, vamos observar os detalhes externos do edifício — propôs a corretora, apontando para o outro lado da rua.

Obrigada a fingir que não conhecia as internas do abrigo, Belle sentiu raiva de si mesma: mais uma esnobe bem-vestida que não levava em conta a vida daquelas mulheres que nem tinham onde morar.

— Este prédio representa como nenhum outro esse estilo específico de arquitetura comercial na cidade... — tagarelava Janice.

— Foi construído em 1888 para um armador naval. Repare que os apliques de cobre ficaram esverdeados perto da cornija. Naturalmente, o mármore do frontão é de Vermont. Durante as reformas, encontramos pinturas de paisagens marinhas e de embarcações em muitas das paredes do sexto andar. Preservamos as relíquias, algumas datadas da década de 1890. O arquiteto incumbido do projeto foi contra a eliminação das pinturas, que fazem parte da história de Newcastle, segundo ele. Acho que é o apartamento que ficou mais bonito. Eu mesma o compraria, se pudesse...

— Mal posso esperar para ver — replicou Belle, já dando um passo para atravessar a rua e se afastar de Rayanne. — Quanto estão pedindo por ele?

Janice a acompanhou.

— Uma bagatela: apenas trezentos e cinqüenta mil.

Belle quase assobiou de espanto. Em vez disso, indagou:

— Quais as medidas?

— Dez metros de frente por dezoito de profundidade, o que

dá uma área de cento e oitenta metros quadrados. Por esse preço, não encontrará nada melhor na cidade. Este bairro está se valorizando muito. É uma ótima opção, tanto para morar quanto para investir.

– Li em algum lugar que esta área está sendo objeto de disputa. O que sabe a respeito?

A corretora fingiu não ouvir a pergunta. Destrancando a porta frontal, foi rapidamente para os fundos do edifício, onde as aguardava um amplo elevador de carga.

– O carro é original, mas o mecanismo foi trocado e atende a todas as atuais normas de segurança. – Janice fechou a porta. – Vamos começar pelo apartamento do sexto andar, do qual já falei.

Aberta a porta do 6A, as duas deram de frente com um facho de luz solar. O espaço estava todo livre, sem paredes divisórias, nem encanamentos, nem armários de cozinha. O assoalho de madeira dura tinha sido lixado e reluzia com o novo verniz. O teto de estanho fora restaurado e pintado. Meio ofuscada, Belle caminhou até a parede oposta e encantou-se com as antigas pinturas de motivos náuticos esboçadas a giz e grafite.

– São maravilhosas – opinou, sem fôlego.

– Viu só? De resto, limpamos o andar. O arquiteto espera que seja ocupado por alguém de muita imaginação.

Belle foi até as janelas. A vista estendia-se da beira-mar até a Buzzards Bay, ao longe. Depois de dar uma olhada no Abrigo Santa Margarete e na Missão Santa Augustina, lá embaixo, voltou-se para a corretora.

– Não que eu seja insensível... – começou, atenta à reação de Janice –, mas como o bairro pode se valorizar com esses albergues bem aí na frente?

A mulher parecia encurralada. Sem dúvida, também se preocupava com as pessoas carentes de Newcastle, só que era corretora de imóveis e precisava fechar negócios para sobreviver. Além disso, sabia que os patrões, empresários implacáveis, já estavam empenhados em fechar ou transferir aquelas instituições de caridade.

— Boa pergunta, uma que todos os potenciais clientes devem se fazer ao conhecer o prédio. Mas você é a primeira que me questiona de fato. Não estaria sendo franca se dissesse que nunca refleti a respeito.

Belle optou por recuar um pouco.

— Por mim, os albergues poderiam continuar. Mas gostaria de saber o que o setor imobiliário pensa. Evidentemente, a presença dessas instituições não pode ser boa para os negócios.

Janice cruzou os braços e contemplou as internas do abrigo na calçada lá embaixo.

— É claro que quem dispõe de trezentos e cinqüenta mil dólares prefere visão mais agradável. Gostaria de conhecer os imóveis que temos à venda em outros bairros de Newcastle?

— Não, não, gosto muito deste. Vou analisar a proposta. Só não me agrada a idéia de morar sozinha no prédio. Já venderam alguma unidade?

A corretora ponderou antes de responder, decidindo não mentir.

— Ainda não, Carol. Há algumas pessoas bastante interessadas, mas ainda não fechamos nenhuma venda. Eu jamais a enganaria quanto a esse aspecto.

— Deve ser difícil para uma imobiliária esperar tanto... para os Peterman.

— Evidentemente, quanto antes venderem todos os apartamentos, melhor, mas a Argus é uma empresa bem-estruturada. Eles não precisam ter pressa.

— Acha que vão pressionar para que os albergues se mudem daqui?

Novamente, a corretora pesou bem as palavras:

— Vamos analisar da seguinte forma: estes apartamentos estão com preço razoável no mercado atual. Se o Abrigo Santa Margarete e a Missão Santa Augustina resolverem ir embora, os proprietários dos apartamentos verão cada imóvel se valorizar bastante em pouco tempo.

— Nesse caso, por que os próprios Peterman não aguardam, para ver no que isso vai dar? Se os apartamentos podem se valorizar tanto assim...

— Não posso responder por eles, Carol. Sou apenas corretora.

Belle fingiu se afligir com o adiantado da hora.

— Oh, mas tenho de correr para a estação, se quiser estar em Boston para o jantar! Tudo o que disse faz sentido, Janice, mas não quero ser a primeira a comprar. Estou pensando em voltar a Newcastle daqui a uma ou duas semanas, ver se alguma coisa mudou. Tudo bem?

— Claro. — A corretora estendeu um cartão de visita. — Telefone para marcarmos um encontro. A situação pode ser bem outra daqui a duas semanas.

Diante da expressão curiosa da cliente, Janice acrescentou:

— A primavera costuma nos trazer bons negócios. Tenho certeza de que os Peterman vão agilizar os acontecimentos, de alguma maneira.

Ao saírem do edifício, Janice ofereceu:

— Quer uma carona até a estação? Não estou com pressa.

— Oh, não quero dar trabalho...

— Não será incômodo algum.

Para que a outra não desconfiasse, Belle decidiu aceitar a carona, entrar na estação ferroviária, perambular um pouco por lá e então ir de táxi até o local em que deixara seu carro estacionado.

— Se é assim, vamos.

Atravessaram a rua ao encontro do carro de Janice. Antes que abrissem as portas, porém, Rayanne as viu e gritou:

— Belle! Não sabia que era você nesse carrão! O que faz aqui hoje?

Toda rija, Belle voltou-se.

— Oi, Rayanne. Como vai?

— Terminei mais um poema. Vou buscar o caderno para você ver...

— Ahhh... Ray, agora estou com um pouco de pressa. Depois eu vejo, está bem?

A interna não disfarçou um certo ressentimento.

— Mas posso saber o que veio fazer aqui numa quarta-feira?

Belle não considerou outra resposta que não a verdade.

— Vim ver os apartamentos à venda no prédio em frente.

Rayanne riu, mas foi um som oco.

— Esses bacanas ainda vão pôr a gente no olho da rua, escreva o que eu digo! — Então, novamente, a sombra da desconfiança obscureceu seu semblante. — Está pensando em vender a casa na Captain's Walk?

— Já tem imóvel em Newcastle? — questionou a corretora, confusa.

— É... bem... vamos logo para a estação, Janice. Eu explico

no caminho. – Belle voltou-se para Rayanne. – Lamento me despedir assim, Ray, mas a gente conversa com mais calma da próxima vez, está bem?

Belle entrou no carro e fechou a porta antes que a interna pudesse replicar. Janice acomodava-se ao volante segundos depois.

– Mas o que foi tudo isso?

– Ray? Oh, eu a conheço há anos... – mentiu Belle, travando o cinto de segurança. – Quando me casei, meu marido e eu fomos morar na Captain's Walk. Acho que ele continua lá. Eu me mudei para Boston quando nos separamos. Rayanne trabalhou na reforma de uma casa vizinha, mas já faz tanto tempo...

A corretora pareceu acreditar.

– Se tinha trabalho, como será que ela veio parar num albergue? – considerou, consternada.

– Oh, ela enfrentou muitas dificuldades – explicou Belle. – Mas é ótima pessoa.

– Só que chamou você de Belle...

– É um velho apelido meu. Sabe como é difícil a gente se livrar...

Janice riu.

– Nem me fale! Minha mãe me chamou de "Rainha" até eu completar 17 anos, quando ameacei usar coroa, se ela não parasse!

Foram conversando sobre amenidades até a estação ferroviária. Belle queria muito confiar em Janice; algo lhe dizia que seria a maneira mais rápida de descobrir o que pretendiam os Peterman. Então, recordou que a corretora esquivara-se de comentar sobre a disputa dos poderosos sobre aquela área da cidade. A Argus Enterprises e, talvez, a própria corretora de imóveis, estavam escondendo algo. E Rosco se encontrava no meio.

— Muito obrigada pela carona, Janice. Eu telefono. — Belle saltou do automóvel luxuoso.

Janice acenou e entrou de novo no trânsito. Belle correu estação adentro e foi direto aos telefones públicos. Vinte segundos depois, falava com Al Lever.

— Mas onde é que você se meteu? — rosnou o tenente. — Pus metade do departamento atrás de você!

Ela tirou do bolso o lenço de papel com a amostra de solo que surrupiara do terraço da Argus Enterprises.

— Consegui uma coisa dos Peterman. Já estou indo para aí.

CAPÍTULO 27

O porão do quartel-general da polícia de Newcastle dividia-se em três seções: O "buraco", como Al Lever gostava de chamar, que consistia em seis celas para os detentos; o necrotério e a sala de autópsias, domínio de Carlyle; e o laboratório forense de Abe Jones. Como quase todo o resto do prédio, o laboratório exibia apenas três cores: piso de linóleo cinza, paredes verde-claro e acessórios de aço inox. Abe trabalhava ao microscópio com Lever e Belle espreitando por sobre seus ombros. Finalmente, depois de colocar sob as lentes as quatro amostras de solo pela centésima vez, Jones endireitou-se e girou na banqueta.

— Por pouco — declarou, com um suspiro.

Belle sentiu os olhos marejados.

— O que quer dizer, Abe? É a mesma terra, não é? Tem de ser...

— Lamento, Belle. A amostra de solo que trouxe se parece muito com as outras três, mas não é igual.

— Tem certeza? — Lever sabia que fazia uma pergunta boba. Jones nunca errava em suas análises.

— Absoluta, Al. As amostras colhidas no beco Adams, nas

botas da mulher da rodoviária e nos pneus do jipe de Rosco são todas muito orgânicas... sem vestígios de pesticidas, herbicidas ou fertilizantes industrializados. No entanto, na amostra que Belle trouxe, encontrei quantidades significativas de potassa solúvel, molibdênio e manganês queliforme, além de vestígios de tetrametrino, um produto químico muito usado para combater pragas em jardins.

Belle soltou um longo suspiro.

— Se bem que... — Jones ergueu o dedo indicador —... esta amostra nos ajuda a estreitar a origem das demais, graças à similaridade. Disse que os Peterman trouxeram a terra de New Hampshire?

— Isso mesmo.

— Isso significa que as outras também vieram daquelas bandas, e não das Berkshires, como pensei de início. Têm composição muito semelhante.

— Mas, se os Peterman estão plantando um jardim no terraço da cobertura, será que não foram eles que acrescentaram todos esses produtos químicos? — racionalizou Lever. — Fertilizantes, pesticidas etc.? É difícil a natureza fazer milagres lá no centro da cidade...

— Pode até ser, Al, mas os depósitos que identifiquei na amostra dos Peterman já têm algum tempo. Estão bem integrados. Não foram adicionados depois que a terra chegou aqui; já tiveram tempo de osmose.

— Ou seja, teriam sido encontrados também nos pneus de Rosco, se ele tivesse estado na fazenda dos Peterman em New Hampshire? — resumiu Belle.

— Acho que sim. — Jones segurou a mão dela. — Mas valeu, Belle.

— Obrigada. — Belle olhou as horas e se ajeitou na banqueta ao lado do legista. A exaustão era visível em seu rosto. — O *Crier* chega às bancas em vinte minutos. Acho melhor voltar à redação e esperar o demente telefonar.

— Parece que ele sempre *sabe* onde você está — sugeriu o tenente, e acrescentou sorrindo: — Vou com você.

— Ele disse para a polícia ficar fora disso, Al...

— E esse cara está mantendo Rosco preso em algum lugar? — ponderou Jones, incrédulo.

— Está.

— Tem de haver um jeito de pegá-lo! — O legista-chefe não se conformava. — Precisamos assumir o controle da situação. Ele não pode continuar comandando o show.

— Pensei que fosse eu o investigador — reclamou Lever. — Mas aceito sugestões, Abe. O que tem em mente?

— Bom... em vez de tentarmos localizar Rosco, devíamos procurar identificar o psicopata. Se o encontrarmos, encontraremos Rosco. — Jones voltou-se para Belle. — As palavras cruzadas que recebeu na caixa de rosas eram boas? Tinham qualidade profissional ou pareciam coisa de amador?

— Eram inteligentes... bem concebidas. Linguagem clara, grade simétrica. Sim, eu a teria publicado.

— Quer dizer que o cara pode ser elaborador de palavras cruzadas profissional?

— Hummm... Não, não é possível.

— Por que não?

Ela ia declarar que criadores de palavras cruzadas em geral não eram psicopatas, mas Jones retomou a palavra antes:

— Pois bem, eis minha teoria. — Levantando-se, foi até a

porta. — Esperem um pouco. — Saiu e voltou alguns minutos depois com um saco plástico recheado de alguma coisa. — Rosco disse que você preencheu as palavras cruzadas que encontramos debaixo da cabeça da mulher morta... aquela com tema de Elvis Presley. Confere?

— Sim. — Belle tinha o cenho franzido de confusão. — Mas parece que não tinha nada a ver.

— Talvez sim, talvez não. O que quero saber é se pode haver ligação entre essas palavras cruzadas e aquelas que recebeu na caixa de rosas. Ou aquelas que deixaram dentro do seu carro. Por conta da linguagem, estilo, coisas do tipo.

Belle refletiu sob o olhar atento de Jones e Lever. Finalmente, negou.

— Não me lembro de nada que possa relacionar as palavras cruzadas do *Sentinel* às duas feitas a mão. Se tanto, todas carecem de personalidade. São inteligentes, mas não especiais.

— Pode ser que a probabilidade aqui seja pequena, Belle, mas... — Jones dispunha a evidência sobre a bancada de trabalho. — Não é uma visão agradável. Avise se não suportar. Estou tão acostumado a ver sangue coagulado que me esqueço de que os outros se impressionam. — Abriu o saco plástico. — Normalmente, eu não teria preservado uma quantidade tão grande, bastavam amostras, um ou dois fragmentos, e o resto iria para o lixo. Acontece que um comentário seu, Al, despertou minha curiosidade: a tira cômica do Snoopy. O *Sentinel* parou de publicá-la há seis meses. Verifiquei.

— E daí? — questionou o tenente.

— Acompanhe o meu raciocínio. Naquela manhã, no beco Adams, tirei da caçamba de lixo todos os jornais e li a data de cada um. Primeiro fato: não havia nenhum exemplar anterior a 27 de maio deste ano. Segundo... – Jones expôs a parte ensangüentada do jornal. – Este caderno de lazer do *Sentinel* é de sete meses atrás... e no beco só havia esta parte do jornal publicado nesse dia.

Lever soltou uma risada nervosa.

– O que quer dizer? Que foi Snoopy?

– Bem, a princípio, considerei que a página de tiras cômicas talvez tivesse algo a ver... um matador fã de quadrinhos. Assassinos seriais costumam ter atração por coisas desse tipo. Mas, como a segunda morte não seguiu o mesmo tema, fiquei com dois jornais impressos em intervalo de sete meses... num beco sem saída, pois os crimes deviam ser aleatórios. A menos que a data em si seja uma indicação, uma referência, como se descobriu em outros crimes de difícil solução... De qualquer forma, algo continuou me incomodando. – Jones desdobrou o jornal. – O que mais vêem nesta página do *Sentinel*?

– As palavras cruzadas — respondeu Belle.

Abe esticou toda a página.

– Muitas das dicas estão sujas de sangue, difíceis de ler, mas acho que dá para raspar e resolver a charada. Repito, talvez a probabilidade de sucesso seja pequena, mas quero saber se estas palavras cruzadas, mais aquelas que achamos debaixo da mulher morta *e* as duas feitas a mão foram criadas pela mesma pessoa: nosso suspeito. Porque, se não foi o assassino que deixou os jornais nos locais, o que eles estavam fazendo lá?

Belle refletiu.

– Não está levando em conta que os moradores de rua costumam usar os jornais como travesseiro...

— Em benefício do argumento, sim.
Belle pensou mais um pouco.
— Mas esta charada do *Sentinel* foi elaborada por um profissional, Abe. Inclusive, conheço o editor de palavras cruzadas lá de Boston. Saímos juntos umas vezes... Ou seja, não boto fé nessa teoria.
— Por que não?
— Porque está sugerindo que o colaborador de um grande periódico deste país é, além de assassino, raptor. Não posso imaginar uma coisa dessas.
— Importa-se de fazer as palavras cruzadas, Belle? — pediu Lever.
Ela olhou as horas. Parara de suspirar, mas estava cada vez mais tensa e irritada.
— Preciso ir ao *Crier*, Al. Não posso perder o telefonema do sujeito. Quem sabe o que ele pode fazer, sentindo-se provocado? Estou muito preocupada com Rosco.
— Eu sei. — O tenente adotou um tom mais firme. — Mas Abe tem razão, precisamos checar. Você preenche essa grade em dez minutos, no máximo. Abe e eu levaríamos uma hora, na melhor das hipóteses. E o tempo urge.
Frustrada, Belle encarou o tenente.
— Eu sei, Al! Algum psicopata pegou Rosco. Mas acho que não vai adiantar nada preencher palavras cruzadas agora.
— Você não sabe!
Belle rangeu os dentes.
— A charada que encontrou debaixo da morta na rodoviária tinha tema de Elvis Presley. Nada a ver com crime, assassinato, jogo sujo...

Lever também perdia a paciência.

— Rosco é um de meus melhores amigos, Belle, caso tenha se esquecido. Sou todo ouvidos, se tiver outras pistas que possamos seguir.

Belle pegou a bolsa; Lever batia a mão em ritmo nervoso na bancada de trabalho. Espectador, Abe não sabia se interferia ou esperava os dois se acalmarem.

Foi Belle quem se manifestou primeiro:

— Se acha mesmo importante, Al, faço as palavras cruzadas e depois volto *imediatamente* ao *Crier* para esperar o psicopata ligar.

O tenente concordou, enquanto o legista-chefe começava a raspar com uma faca o sangue coagulado na página do jornal.

— 9-vertical: fada de *Peter Pan*... Sabe essa, Al?

Belle olhou para os dois homens pasma.

— É Tinker Bell.

BELLA, BELLA, BELLA

(?) Redford, ator de "Jogo de Espiões"; Fugir desordenadamente	▼	Designa o período histórico e artístico do início do séc. XX	Juiz de Israel (Bíblia)	Bondoso; humano	▼	Sofri colisão (com o carro); Sem eira (?) beira: na miséria
Cão alemão ► ▼		▼	▼	▼		▼
Rebelde, em inglês ►			Sufixo de "rinite"; Roqueiro paulista ►			Filme com Catherine Deneuve
Muito bonita, em italiano ►				▼		▼
100 m² ► Exegeta; hermeneuta			União Européia (sigla) ►			Nome em inglês da fada Sininho, do conto de fadas "Peter Pan"
►						▼
Membro preênsil do macaco	El. comp.: muito ► Planta venenosa				Ele, em francês ► A segunda vogal	
►	▼		Avisa com um gesto ►		▼	
	►			Linha (?), caminho do trem	Deus-Sol, na mitologia egípcia	
Freio	(?)-Artes: as artes plásticas		Aparelho usado pelo dentista ►		▼	
	▼		▼	As primeiras letras; Dardo, em inglês ►		
Edgar Degas, pintor francês	►	Monarca; soberano ► Quepe, em inglês			Bário (símbolo) ► Avô (aférese)	
(?)-se: mudar de lugar ►		▼			▼	
				Vendido, em inglês ► Leito de rios ◄		
Calçado usado pelo executivo ►					Ò(?) MondeÓ, jornal francês ►	

BANCO 2/íl. 3/cap. 4/dart – poli – sold. 5/rebel. 6/breque. 10/belíssima.

CAPÍTULO 28

Com a borda cega da faca, Abe Jones empurrava, da bancada de trabalho para o saco plástico, o pó de sangue coagulado que raspara do *Boston Sentinel* de sete meses antes. Belle atirou a caneta de volta à bolsa. Sentia-se debilitada com o esforço de resolver as palavras cruzadas às pressas, combinado com falta de sono e excesso de café. Murcha na banqueta ao lado de Al Lever, deixou os ombros caírem.

— Com certeza, a mensagem não é para mim, concordam? — considerou o tenente, analisando a grade preenchida. — Na 4-horizontal: BELLISSIMA; na 9-vertical: TINKER BELL; na 10-vertical: A BELA DA TARDE... E outras referências ao seu nome, Belle. Acho melhor falarmos com esse editor do *Sentinel*. Haja ou não relação entre esta charada e os assassinatos, quero saber por que ele está fixado em você.

Ela se levantou e foi até a escrivaninha do legista-chefe. Pegou o telefone e atirou-se na cadeira dele.

— Tem que discar zero?

— Tem.

Belle aguardou a companhia telefônica de Boston conectá-la diretamente ao *Sentinel*, certa de que não conseguiria nem digitar os números.

— Pode me transferir para Arthur Simon? — pediu à telefonista.

— É Belle Graham. Obrigada. — Enquanto esperava, olhou para Lever. — Al, pode me trazer o jornal, por favor? Ou dizer a data.

O tenente levou o exemplar até ela e se juntou a Jones na bancada de trabalho.

— Ela está esgotada — comentou, a meia-voz.

— Estamos todos muito tensos — replicou Abe, baixinho. — A gente até tenta ser prático e se mostrar forte, principalmente para animá-la, mas acho que Rosco está perdido. Essa história não vai acabar bem se não o encontrarmos logo.

— Nem me fale.

— Está pensando em falar com a polícia de Boston?

— Ainda não decidi. — Lever massageou a nuca. — Vamos ver se ela descobre alguma coisa. Se bem que, para ser franco, com todas essas amostras de solo que colheu, não creio que a resposta esteja em Boston. Talvez fale com a polícia estadual. Detesto admitir; mas, tratando-se de um rapto e envolvendo dois Estados, teremos de comunicar aos federais.

— Era só o que faltava...

— Interrompo? — indagou Belle, desligando o telefone.

— Era só papo furado. O que descobriu?

Respirando fundo, Belle levantou-se e devolveu o jornal à bancada de trabalho.

— Suas suspeitas tinham fundamento, Abe. Estas palavras cruzadas e as do sábado foram enviadas pelo mesmo colaborador, um tal de Zachary Taylor... É, igual ao presidente. Esse nome apareceu também numa das palavras cruzadas feita a mão.

— E esse sujeito mora em Boston? — indagou Lever.

— Não exatamente. Simon anda tendo problemas com ele, há algum tempo. Ele começou a enviar colaborações, e então foi se tornando autoritário, querendo impor estilos de edição etc. Quando se tornou muito agressivo verbalmente, Simon começou a temer que as emoções o levassem a cometer alguma violência física. Resumindo: Simon rompeu com Zachary Taylor há pouco mais de uma semana. No sábado, o *Sentinel* publicou as últimas palavras cruzadas enviadas pelo colaborador.

— Só pode ser ele! — exclamou Lever.

Belle pediu calma.

— Pode ser, Al. Mas não podemos afirmar que foi ele quem elaborou e me enviou as duas charadas feitas à mão.

— A esta altura, pouco me importa, Belle. Quero falar com esse sujeito, e agora. Simon deu o endereço dele?

— Tem só uma caixa postal em Boston... na região da Back Bay. Mas Simon disse outra coisa interessante. Parece que Zachary Taylor já foi professor de História em Dartmouth. Foi desligado da universidade, mas ele não sabe o motivo. Depois que falei dos telefonemas que ando recebendo, Simon sugeriu que o homem talvez sofra de desequilíbrio mental. — Belle fez uma pausa. — E onde fica Dartmouth?

— Em New Hampshire — responderam Lever e Jones, ao mesmo tempo.

— E agora, Al? — inquiriu Belle.

— Vou dar uns telefonemas. Esse sujeito deve estar em Newcastle, acompanhando todos os seus passos.

— A menos que tenha um cúmplice — lembrou Jones. — Um fica no campo, de onde veio a lama; o outro, na cidade...

– Preciso voltar ao *Crier* – declarou Belle, afobada. – Não posso perder o próximo contato dele.

Lever esticou os braços para a frente, feito juiz de futebol.

– Não tão rápido, Belle. Tem alguém aí fora à espreita. Você não vai a parte alguma sem mim.

– Al, não pode ir comigo! Ele disse para não envolver a polícia. Vou para o *Crier* sozinha.

Lever pensou.

– Está bem. Mas fique lá até ele telefonar. Depois... – Rabiscou um número num pedaço de papel. – Ligue para mim. O atendente me encontra, onde eu estiver. Uma vez no prédio do *Crier*, não quero que saia de lá em *hipótese alguma*. Entendeu?

– Entendi.

– Não preciso fazer você prometer, preciso?

– Não.

– Se ele mandar você ir a algum lugar, primeiro me avise. Vou falar com o sujeito só uma vez. Em seguida, chamo os federais. – Lever olhou as horas. – Muito bem, vamos. Você pega um táxi. Não vá com seu carro. Eu acompanho você até a porta. – Voltou-se para Jones. – Obrigado, Abe. Eu o manterei informado.

☐☐☐

Belle entrou no seu cubículo no jornal e trancou a porta. Dentro do táxi, passara quase todo o tempo olhando pelo vidro traseiro, tentando descobrir se a seguiam. Não notara nada de anormal. Diante do prédio do jornal, não reparara em pedestres incomuns. Nada estranho no saguão, nem nos elevadores. Na verdade, conhecia todas as pessoas que encontrara.

À parede oposta, olhou pela janela para o edifício do banco

no outro lado da rua, relendo o anúncio de "Aluga-se" no andar elevado, baixando o olhar para a agência bancária em seguida. Como já passava das três da tarde, não estavam mais atendendo. Via-se apenas um faxineiro aspirando o carpete azul. Não percebeu nada de esquisito no comportamento dele. Um dos funcionários parecia fazer serão junto ao seu terminal de computador.

"Dois homens, um próximo; o outro, distante", pensou. Contemplou novamente a rua. Passaram um homem com cachorro, uma adolescente de skate, uma grávida com carrinho de bebê, um entregador de pizza. Olhou para o banco outra vez. O faxineiro desaparecera.

Aí, o telefone tocou. Belle quase deu um pulo.

– Belle Graham!

– Muito bem, *Bellissima*. Ao primeiro toque. Parece até que estava esperando!

– Onde está Rosco?

– Calma, calma. "O mundo está demais conosco; tarde e cedo..." Primeiro, vamos falar das palavras cruzadas. "Fique junto do seu homem." Bem-feito. Inteligente. O que não faz um pouco de inspiração, não é mesmo?

Belle forçou-se para manter o controle. "Permaneça racional; o importante é encontrar Rosco. Faça Taylor falar, prolongue a conversa. Em algum momento, ele vai deixar escapar uma pista", dizia a si mesma.

– O velho durão... – arriscou, em fala arrastada. – É com ele que estou falando?

– Muito bem, *mia bella*! Estou impressionado. Realmente, esse era o apelido do presidente Zachary Taylor. Seus amigos policiais a ajudaram a identificar, ou descobriu sozinha?

— Não falei com a polícia!

— Oh, por favor... "Não me peça segredos, e não lhe direi mentiras."

— Onde está Rosco? — Belle tentava disfarçar o desespero.

— Já fiz tudo o que você queria.

— Tem razão, Bella. Vamos adiante. Mas antes você vai admitir que minhas palavras cruzadas são excelentes... dignas de ser publicadas.

— Escute, Zachary... sr. Taylor... *professor* Taylor... falei com Arthur Simon, do *Sentinel*. O senhor precisa de ajuda. Diga-me onde está... onde Rosco está... Vamos ajudá-lo.

— Simon? Ah, vocês dois estão cada vez mais parecidos. Os todo-poderosos editores! Ignoram a História, porque têm pouco conhecimento, pouco respeito e admiração pela aprendizagem. Citam atores... *atores*... quando topam com nomes como Jackson, Garfield, Grant, Washington... Ford. Sem falar Taylor! Como sofro ao ler as dicas. O velho durão seria pedir demais? Sabia que, durante a Guerra do México, Santa Ana lançou...

— Professor Taylor...

— Não me interrompa! Fale só quando eu deixar, nunca antes.

Seguiu-se um longo silêncio. Até que Belle indagou:

— Ainda está aí?

— Estou. Do que eu falava?

— De presidentes.

— Não! Eu falava de editores imbecis de palavras cruzadas! Seu pai era professor, não era, Annabella? O que é que ele acha da sua profissão?

Belle ficou arrepiada. Quem era aquele homem e havia quanto tempo participava de sua existência sem se deixar notar?

Taylor suspirou.

— Lamento que tenhamos chegado a este ponto, Belle. Não era o que eu pretendia. Você é muito linda. Teríamos nos dado bem.

— O que quer dizer?

— Ora, a que acha que se refere todo este exercício?

— Não sei.

— Então, é muito menos esperta do que eu imaginava.

— Mas...

— Não pode ser tão obtusa a ponto de acreditar que eu... — Taylor parou no meio da sentença. Após um segundo de silêncio, Belle ouviu sons de luta frenética.

— Professor Taylor! Alô? Alô?

Deixaram o fone cair. Belle podia ouvi-lo oscilar na ponta do cabo. O embate em curso parecia se inflamar.

— Professor Taylor? Alô?

— Belle? É você?

Ela franziu o cenho, estupefata.

— Al? É você? Onde está?

Lever ofegava ao telefone.

— Na frente do prédio...na calçada... Olhe pela janela, perto da cabine telefônica... Foi daqui que ele deu aquele primeiro telefonema anônimo. Belle, nós o pegamos! Acabou-se. Desça.

Belle foi até a janela. Na rua, havia três viaturas da polícia de Newcastle, mais o carro de Lever. Quatro policiais uniformizados vigiavam um homem deitado na calçada com os pulsos algemados às costas.

— Mas onde está Rosco? — sussurrou, no ar silencioso.

CAPÍTULO 29

— Gus? — chamou o tenente, pela quarta vez. — Gus... fale comigo.

Al Lever e Zachary "Gus" Taylor entrevistavam-se no "buraco", trancados na cela número quatro, mais precisamente, no porão do quartel-general da polícia de Newcastle. Do outro lado das barras de aço, no corredor, sentados em cadeiras dobráveis metálicas, estavam Abe Jones e Belle.

— Não tenho tempo para falar com você — replicou Taylor, com um meio-sorriso satisfeito. — Ainda nem leu meus direitos. Sei muito bem que os tenho.

— Tenho certeza de que sabe. — Lever retribuiu o sorriso, mas o seu era muito mais perigoso. — Sendo professor de História... quero dizer, aposto como consegue recitar toda aquela cantilena de Miranda sem a minha ajuda.

— Se quer saber, consigo mesmo.

— Então! — rugiu Al. — Por *tabela*, por que eu gastaria a minha saliva aqui com você?

Gus não respondeu. Em vez disso, olhou para Belle, como se a presença dela lhe trouxesse alegria e júbilo. Alargou o sorriso.

— Como vê, sr. Taylor, seus direitos não vão ajudá-lo muito na situação em que se encontra. O trecho mais importante da declaração é: "Tudo o que disser poderá ser e será usado contra você, blá-blá-blá..." Acontece que já tenho o bastante para tirá-lo de circulação por uns cinqüenta anos. Está começando a entender, companheiro? Já tenho todas as *provas* de que preciso. Não estou aqui para encontrar mais *provas*, mas por causa de uma pessoa desaparecida. E, se for sensato, vai começar a falar já, porque estou perdendo a paciência.

Taylor viu o tenente cerrar os punhos, os antebraços maciços retesando-se sob as mangas arregaçadas da camisa. Com suor se formando na testa, aos poucos apagou o sorriso.

— Não sei... não sei do que está falando.

— Ah, não? Estamos com dois homicídios, *professor*, e uma pessoa desaparecida... que por acaso é o noivo desta moça e o melhor amigo dos dois outros sujeitos na sua frente. Eu diria que você está encrencado.

— Não posso ajudar.

Lever fez uma pausa; então, continuou em tom amedrontador:

— Não costumo ser violento, Gus. Sou contra a truculência policial. Não bato em prisioneiros... nada disso. Mas, quer saber? Se não encontrarmos Rosco inteirinho, você não vai sair vivo desta cela. Com ou sem direitos, dou-lhe a minha palavra!

Taylor estreitou o olhar sobre o tenente, atento à serenidade gélida que se apossara de seu semblante... e ao fato de o investigador pesar muito mais do que ele.

— Já disse, Lever — murmurou. — Não sei nada sobre Rosco.

Eu... eu só queria Belle. Queria que ela visse meu trabalho... só isso. Queria me aproximar dela.

— Para cima de mim, Taylor?

— Mas é verdade, eu juro! — Gus começou a choramingar.

— Boa representação, mas reserve para as filmagens. Quero respostas, e você vai responder, nem que eu tenha de espremê-las. — Levantando-se, o tenente avançou ao encontro do detento.

Quieto até esse momento, o médico-legista se levantou e se aproximou das barras.

— Calma, Al. Não vale a pena perder seu distintivo por causa desse débil mental. — Olhou por sobre o ombro para Belle, que desviou o rosto, os punhos cerrados, os dedos brancos de tão apertados.

— Faz sete meses que criou aquelas palavras cruzadas — observou ela, finalmente, de cabeça baixa, em tom quase inaudível. De repente, levantou o rosto, mas evitou encarar o acusado. — Pergunte a ele por que fez contato só agora, Al.

— Você ouviu.

Taylor a contemplava saudoso.

— Vocês iam se casar... Então, pensei... — Inclinando-se para a frente, girou os ombros tentando levantar as mãos algemadas.

Involuntariamente, Belle retraiu-se, para se enrijecer em seguida.

— Você machucou Rosco?

Taylor apelou ao tenente.

— Não machuquei ninguém! Eu juro! Não sei onde está o noivo dela.

Lever tinha o queixo rijo de frustração.

— Voltemos à noite de quinta-feira, *professor*. Como foi que sua charada "Tinker Bell" foi parar sob a cabeça de Freddie Carson no beco Adams?

— Não sei.

O tenente inclinou-se sobre o prisioneiro, fazendo o corpo magro e alcoólico de Taylor começar a tremer.

— Está bem... Eu coloquei lá.

— Depois de matar Carson?

— Não! Não fui eu! Juro! Freddie já estava morto quando cheguei lá.

— Você me acha com cara de idiota, Gus?

— É verdade, não fui eu quem o matou! Só deixei as palavras cruzadas lá para chamar a atenção. — Gus olhou novamente para Belle, as lágrimas correndo pelo rosto com barba por fazer. — Quero dizer... ela nem agradeceu, nem quando mandei uma cópia com carta de dedicação... Pensei que fosse gostar... tendo sido destaque na imprensa, depois que ajudou a encontrar o assassino daquele outro cara que morreu em Newcastle... "A Rainha das Charadas ajuda a polícia" saiu até na revista *Personality*...

Lever olhou para Belle, que meneou a cabeça negativamente. Jamais recebera tal carta.

— Ela não escreveu uma carta respondendo... — prosseguia Gus, desolado. — Fiquei esperando, cheguei a telefonar para ela umas duas vezes. Sou professor universitário, você sabe, assim como o pai dela... Devia ter respondido. Podia ao menos ter tido a cortesia de responder!

— Não recebi essa charada, Zachary — informou Belle, em tom surpreendentemente gentil.

Lever retomou a pauta:

— De volta ao beco. Se não foi você quem matou Freddie Carson, quem foi?

— Não sei. Estou dizendo a verdade, tenente. E também não sei nada sobre Rosco.

Al endireitou-se e olhou para Jones.

— Continua achando que não vale a pena eu perder meu distintivo por causa deste salafrário, Abe? — Abruptamente, voltou-se para o detento. — Vou lhe dar mais uma chance, *professor*. Pense bem. Sua vida não vai ser das melhores, de agora em diante. Pare de afirmar que não sabe nada sobre esses crimes. Você estava lá. É lógico que está envolvido. Como sabe, a História é uma cadeia de eventos lógicos. Causa e efeito.

Gus baixou a cabeça, tartamudeando.

— O quê? — berrou Lever, furioso. — Não estou ouvindo, *professor*.

— Eu... tinha bebido. Entrei no beco para... me aliviar. — Vexado, olhou de soslaio para Belle. — Mas tinha um carro parado lá, e tive de esperar. Estava acontecendo alguma coisa, mas... naquela escuridão, eu não conseguia enxergar. Dali a um minuto, alguém entrou no carro e saiu a toda.

— Que carro era?

— Não sei. Os faróis me ofuscaram. Era grande... uma picape, ou uma caminhonete.

— Não está ajudando muito, Taylor. Sabemos disso há dias. — Lever acendeu um cigarro e tragou profundamente. — Pois bem — retomou, em meio à fumaça. — E depois?

— Entrei no beco e achei Freddie. Estava morto... deitado em cima de jornais... Levantei a cabeça dele e... coloquei meu exemplar do *Sentinel*. Saí correndo.

— Carregou aquele jornal durante sete meses? — questionou Belle.

Gus demorou a responder. Quando finalmente o fez, foi com uma ingenuidade infantil.

— Só o caderno de lazer.

Belle meneou a cabeça, incrédula.

— Eu... queria dar para você... Eram minhas palavras cruzadas... Pensei: Freddie morreu; e, sendo seu namorado detetive particular, cedo ou tarde você veria... Nesta cidade? Com sua reputação? Não tinha erro. Mas você não prestou atenção... e tive de entrar em contato...

Lever interrompeu novamente:

— E a cadelinha de Carson?

— Kit não estava lá. Também gostava dela.

Lever calou-se por um instante. Sentou na mesa metálica ao lado da cadeira do detento.

— Muito bem, de volta ao carro. Veja, foi assassinato. A menos que nos ajude a encontrar esse veículo misterioso, a menos que surjam novas provas que o inocentem, você vai passar muito tempo atrás das grades. Portanto, pense, faça um esforço.

— Mas eu estava bêbado, já disse! — Constrangido de novo, olhou de soslaio para Belle.

— Quer dizer que criou toda essa confusão só por causa de uma fixação doentia na srta. Graham?

— Ela nem agradeceu! Nem percebeu que eu estava... que estou...

— E quer que a gente acredite que não sabe onde está Rosco? Que não sabe quem matou Carson? E a mulher morta atrás da rodoviária? O que sabe a respeito disso?

— Nada.

— Ora, vamos, Taylor! Pegamos você na mesma cabine telefônica de onde denunciaram o caso à polícia. Quer me convencer de que não foi você quem ligou de lá no sábado?

— Não sei nada sobre a tal mulher.

— E os jornais? Ela também tinha a cabeça apoiada numa das suas palavras cruzadas.

— Não sei como foram parar lá! Foi a última charada que enviei ao *Sentinel* antes de Simon me dispensar. Só pode ser coincidência...

— Não boto muita fé nas coincidências quando se trata de crimes, Taylor. Pois bem, de volta à srta. Graham. Como sabia onde ela estava sempre? Você nem tem carro. Alguém ajudava? Pôs alguém para segui-la?

— Não! Fiz tudo sozinho. — Gus ficou convencido. — Pela lógica, só havia três lugares em que ela poderia estar: em casa, na redação do jornal, ou na casa da cunhada. Telefonei para cada um até encontrá-la.

— E disse a ela que tinha pego Rosco.

— Eu nunca disse isso! Apenas aludi ao fato de o noivo dela ter sumido.

— Como sabia que ele tinha sumido, se não estava envolvido no rapto?

— Vi um homem estacionar o jipe de Rosco perto do prédio do *Crier* e então tomar um táxi. Achei que ele estava envolvido em algo ilícito, mas não imaginei que tivesse algo a ver com a morte de Carson.

Lever ficou boquiaberto.

— Que homem? Por que diabos não falou dele antes?

— Porque... você não perguntou.

Belle e Abe levantaram-se num pulo e agarraram as barras da cela.

— Como ele era? — indagou Lever, tentando manter a calma.

— Não deu para ver bem... eu estava a meio quarteirão de distância, talvez mais... Era mais jovem do que velho. Alto, forte... mas não com músculos de academia... cabelos castanhos, botas de operário, jeans desbotados. Parecia empoeirado. Na hora, achei que era pó de concreto, ou cal. Todo o mundo espalha cal no gramado nesta época do ano. Talvez fosse jardineiro.

Lever voltou-se para Jones.

— Encontrou indícios de alguma dessas substâncias no jipe de Rosco?

— Dentro, colhi digitais e a lama no assoalho, para comparar com a dos pneus, mas ainda não acabei de analisar as fibras do assento.

— Quanto vai demorar?

— Umas duas horas?

— Vai já?

— Vou. — Abe deu meia-volta.

— E mande alguém começar a checar as frotas de táxi para mim, por favor! Talvez encontremos o chofer que pegou esse palhaço perto do prédio do *Crier.*

— Pode deixar. — Jones agarrou a prancheta sobre a cadeira e apertou o ombro de Belle. — Vamos encontrá-lo. Não se preocupe.

Ela o beijou de leve no rosto.

— Obrigada, Abe. — E observou o legista-chefe sumir pela porta no fim do corredor da área de detenção.

Lever concentrou-se no interrogado.

— Ainda não entendi uma coisa, Taylor. O que você pretendia com tudo isso? Qual era seu objetivo?

— Eu queria trabalhar com ela... — Recomeçou a choramingar. — Queria... ser íntimo...

— Duas pessoas morreram! — rugiu o tenente. — Um homem foi raptado! Acha que estamos brincando?

— Al... — sussurrou Belle, através das barras. — Calma.

Depois de contemplar Gus por um bom tempo, Lever tirou uma chave do bolso, destrancou a porta e saiu da cela. Voltou-se.

— Escapou por um triz, Taylor.

Belle e o tenente retornaram juntos ao térreo.

— Vou chamar um táxi, e você vai ficar com Cléo ou com Sara — determinou Lever. — Telefone assim que chegar e não saia para nada. Isto é uma ordem. O pesadelo ainda não acabou.

— Ficarei com Cléo. Eu telefono.

CAPÍTULO

30

Belle pagou ao motorista do táxi e desceu na calçada oposta à da casa de Cléo. Às quatro e meia da tarde, o bairro suburbano parecia-lhe estranhamente silencioso: nada de crianças brincando nem andando de bicicleta; nada de babás com bebês; ninguém aparando a grama ou cuidando das plantas; nenhum carteiro nem furgão do correio entregando encomendas. Um carro passando era a que se resumia o tráfego. Belle olhou para a entrada da garagem da cunhada e viu apenas a picape azul amassada de Geoffrey Wright. O táxi desapareceu ao dobrar a esquina, e ela atravessou a rua, no instante em que o marceneiro saía correndo da garagem e pegava seu veículo.

– Geoff! – chamou Belle, aproximando-se. – Onde está Cléo? – Esboçou um sorriso descontraído, mas sentiu que carecia de autenticidade. – E as crianças?

– Foi todo o mundo para o veterinário. – Ele girou a chave na ignição. – Um dos cachorros passou mal de novo.

Belle continuava com o sorriso estampado.

– Sabe quando voltam?

Geoff irritou-se.

— Olhe, Tinker Bell, não sou babá deles nem central de recados! — Engatou a primeira marcha. — Estou com pressa.

— Mas...

— Vão voltar tarde. Cléo disse que ia levar o bicho à emergência do hospital veterinário... aquele ao sul, na interestadual. Parece que o cachorro estava muito mal.

Um súbito pavor prendeu Belle na frente da picape.

— E você... quando volta?

— Mas o que é isso? Dia de infernizar o marceneiro? Peguei outro serviço, e estou atrasado. Devo voltar só amanhã, está bem? — Wright soltou o freio de mão e deixou o veículo rolar para a frente.

Sem alternativa, Belle pôs-se de lado e observou a manobra. Pela primeira vez, reparou que a placa da picape era de New Hampshire.

Experimentou um suor frio. "Vou entrar e trancar todas as portas. Então, telefono para Lever", pensou. Correu para a casa; contudo, ao abrir a porta, ouviu um baque surdo. Paralisou-se, quase congelada de medo. Um grunhido escapou pela janelinha da cozinha, seguido pela imprecação de uma mulher.

— Sharon? — chamou Belle, com esperança, mas temerosa.

Surgiu o rosto largo e simpático da artesã.

— Oi, Belle! Não ouvi você chegar.

Ela ficou aliviada.

— Que bom que está aqui! Geoff contou que Cléo teve de correr ao veterinário...

— Geoff está mais azedo do que limão hoje. É trabalhar e resmungar... — Sharon desapareceu, e ouviu-se um choque entre metal e pedra. — Desculpe, Belle, mas é que estou no meio de uma calafetagem.

Com o cérebro fervendo de dúvidas, Belle voltou à porta, fechou-a e trancou-a. Subindo os degraus, juntou-se a Sharon na cozinha.

— Vou trancar a porta dos fundos, está bem?

— Como queira...

Belle correu a tranca; em seguida, verificou se as janelas que davam para o quintal também estavam bem fechadas. Voltou à cozinha. Era incrível como a simples presença de Sharon enchia a casa de força e solidez. Concentrada no trabalho minucioso, a artesã dobrava a estrutura larga sobre o recém-instalado tampo de mármore, enfileirando bolotas de vedação com uma pistola de aplicação na lateral traseira.

Belle observou-a por algum tempo. Talvez suas suspeitas acerca de Geoffrey Wright não tivessem fundamento, mas não custava arrancar algumas informações de Sharon.

— Geoff disse que pegou outro serviço — comentou, como quem não queria nada.

— Ah, é? — Nem um pouco interessada no assunto, a artesã endireitou-se abruptamente. — Arrrgh... Pode molhar algumas toalhas de papel para mim, Belle, por favor?

Belle atendeu ao pedido. Sharon limpou uma mancha do mármore.

— Ainda bem que sai com água antes de secar...

Belle observou a artesã retomar a pistola de vedação.

— Verdade que Cléo correu ao hospital veterinário?

— Se foi o que Geoff disse... Ainda não me inteirei dos acontecimentos, depois que voltei. Evito cruzar com o "nervosinho". Que mau humor...

— Ele disse que um dos cachorros passou mal de novo.

Sharon deu de ombros. Só queria saber de calafetar.

— Eu não vi nada.

— Posso perguntar uma coisa, Sharon?

Uma arranhada na porta dos fundos as interrompeu.

— Não deixe o cachorro entrar, pelo amor de Deus! — suplicou Sharon. — Com esse calor, eles soltam muito pêlo... se o pêlo penetrar na vedação, terei de arrancar tudo e aplicar de novo. — Frustrada, deixou os ombros caírem. — É o único inconveniente de se trabalhar aqui: os latidos. Ainda vou ficar louca...

Belle abriu a porta só um pouquinho e tentou afastar o animal. O resultado foi mais latidos e lamúrias. Fechou a porta, mas o som não se aplacava.

— Gostaria de lhe fazer umas perguntas sobre Geoff...

— Meu conselho é o seguinte: fique fora do caminho dele até que termine esse serviço. Ele fica muito sensível no final de um projeto.

Houve uma pausa na conversa quando a artesã carregou a pistola com mais material de vedação e começou a apertar o gatilho vigorosamente, a fim de incrementar a pressão. Então, ela se curvou novamente sobre o tampo.

Apesar da forte tentação de confiar em Sharon, Belle achou melhor continuar com rodeios para obter mais informações sobre o marceneiro.

— Há quanto tempo trabalha com Geoff?

— Quase cinco anos. Eu faço só mármore e granito. Por isso, se a obra for de azulejo, compensado ou material sintético, ele chama outra pessoa. Andei meio sem serviço por causa do preço da pedra. Além disso, o mármore é mais delicado, e muita gente prefere não usar. Mancha com muita facilidade.

— Delicado? — Belle riu. — Eu não acho. Bati a cabeça no balcão da minha avó quando era criança... fiquei com um galo deste tamanho!

— Deve ter aprendido a tomar mais cuidado.

Belle retomou o assunto:

— Mas, então, você e Geoff se conhecem bem. Quero dizer, você saberia se ele estivesse em dificuldades financeiras?

Sharon respondeu meio vacilante:

— Não costumo me meter na vida dos outros.

— Até porque ele mora em New Hampshire e você, em Vermont.

A artesã nada disse. Então, Belle procurou outra abordagem:

— O que ele acha da valorização de algumas áreas de Newcastle?

— Sei lá. Só sei que ele detesta cidades tanto quanto eu.

— Ora, vão precisar de muita mão-de-obra na reforma desses prédios antigos... coisa fina: mármores, granitos, enfim.

Sharon não demonstrou interesse, mas Belle insistia:

— Alguma vez, ele falou dos irmãos Peterman?

A artesã deixou escapar um grunhido.

— Preciso me concentrar aqui, entende? — Dando as costas, retomou o trabalho.

Calada, Belle ponderou sobre a relação entre Sharon e Geoff Wright. Ele morara em New Hampshire. Os Peterman possuíam terras em New Hampshire. Sharon trabalhava para Geoff, mas não o tempo todo. Só que ela era especialista no ramo e, se Geoff conseguisse mais projetos em Newcastle, ela com certeza se beneficiaria disso. Ou estaria ele tentando se livrar dela? Por isso, ela se tornara agressiva de repente?

— Olhe, Sharon, vou ser franca. Há fortes indícios de que dois irmãos empresários do ramo imobiliário, chamados Peterman, estão envolvidos em alguns crimes...

— Não sei nada do que se passa nesta cidade.

Belle suprimiu um suspiro irritado e tentou outra tática:

— Sabia que exerço trabalho voluntário num albergue feminino?

Sharon fez que sim, mas continuou trabalhando.

— Bem, os Peterman são donos de vários prédios próximos do Abrigo Santa Margarete... Um já está em reforma e será transformado num prédio de apartamentos de luxo.

— E o que isso tem a ver com Geoff?

Belle replicou com outra indagação:

— Sabe se ele tem negócios com esses empresários?

— Não sou babá dele — foi a resposta malcriada.

— Sei que são amigos, Sharon, e admiro essa lealdade, mas isso é muito importante. Dois moradores de rua foram... — As palavras entalaram-se em sua garganta. De repente, reparava nas costas largas da artesã, nos cabelos eriçados, nos antebraços musculosos, nas grandes mãos masculinas. Calças e botas gastas... Qual fora a descrição de Gus da pessoa que dirigia o jipe de Rosco: um homem alto e forte, cabelos castanhos... coberto de pó branco. Gus imaginara que fosse cal, mas bem poderia ser pó de mármore branco. E não era difícil confundir uma mulher alta e forte com um homem.

Belle sentiu-se dominar pela fúria, porém, esforçou-se para mostrar tranquilidade.

— Deixe para lá. Está certa, não tem nada a ver com a vida de Geoffrey. — Embora o bom senso lhe recomendasse que saísse da cozinha de ré e se refugiasse na casa de algum vizinho, de onde poderia telefonar alertando Al Lever quanto a um possível envolvimento de Sharon no caso, a raiva a tornava desafiadora. Se aquela mulher sabia onde estava Rosco, queria ouvir dos lábios dela. — Soube que há muita lama em Vermont nesta época do ano... e em New Hampshire também.

— Em New Hampshire, não sei, mas tem muita lama agora lá onde eu moro, sim — confirmou a artesã, meio fria.

— Deve ser difícil circular de carro...

— Picape não atola.

— Claro — concordou Belle, aérea. Adotou um tom sonhador. — Carneiros pastando... relva verde, colinas ondulantes... Devem plantar, também. Precisam usar adubo artificial, ou...

Sharon bateu a pistola de vedação no balcão.

— Eu jamais usaria adubo artificial! É um veneno que se infiltra no lençol freático e contamina os poços artesianos. Os ricaços que compram fazendas só para passar o fim de semana cobrem tudo com produtos químicos: herbicidas, pesticidas, substâncias alteradas geneticamente. Estão acabando com a nossa terra! Envenenando a água que bebemos!

Vendo a nuca da artesã vermelha como pimenta, Belle esperou que ela esfriasse um pouco antes de partir para a última parte da investigação torta:

— Que pena que seu carro quebrou...

— O quê?

— A picape. Além de pagar o conserto, fica dependendo de ônibus para se deslocar... é uma boa distância entre Vermont e a costa de Massachusetts. Veio pela Springfield ou pela Peter Pan?

— Não sei, não reparei.

— Claro que não. Ficou tão chateada com a quebra do carro que nem notou o nome da empresa de ônibus. Será que não veio de jipe? Um igual ao de Rosco?

A artesã voltou-se num salto e tentou agarrar Belle pelos ombros, mas o alvo conseguiu escapulir.

— Muito bom, Sharon! O que vai fazer agora? Amarrar-me? Matar-me? Quando Cléo chegar, vai "pegar emprestado" o carro dela? Assim como "pegou emprestado" o de Rosco? — Belle estufou o peito, o corpo cheio de energia insuflada pela ira, como se nada nem ninguém pudesse detê-la. — Onde está Rosco?

— Ele está vivo. Não se preocupe.

— Saber disso não basta — rosnou Belle, a voz metálica por conta da fúria.

— Ele está bem — murmurou Sharon. — Não devia, mas está... Eu tenho coração muito mole...

— Os Peterman envolveram você nisso?

— Quer parar de falar desses Peterman! Nunca os vi mais gordos!

— Quanto foi que eles pagaram a você e Geoffrey por esse servicinho?

— Geoffrey? O que o carpinteiro formado na Ivy League tem a ver com isso?

As duas entreolharam-se por um segundo, perplexas ante a incompreensão mútua. Foi Belle quem quebrou o silêncio.

— Você e Geoffrey mataram Freddie Carson... bem como a mulher atrás da rodoviária. E o fizeram a mando dos irmãos Peterman.

Sharon contorceu a boca grande em desdém.

— Aquele idiota é incapaz de matar uma pulga! Geoff

Wright... Não me faça rir. Eu dei cabo daquele vagabundo. Geoffrey não teve nada a ver com isso. Nem seus malditos irmãos Peterman. E matei a velha chata também. Eu! O marceneiro letrado não tem nada a ver com isso...

Espantada com a própria confissão, Sharon encarou Belle, mas parecia olhar para dentro, não para fora, como se repassasse cada evento.

— Ela me empurrou. Aí, eu a empurrei também. Não queria machucá-la, mas ela ficou gritando: "Você vai pagar caro! Vai passar o resto da vida recolhendo a sujeira dos carneiros! Vou processar você..." Perdi a cabeça. Ela caiu feito um saco de farinha no degrau de mármore!

— Onde está Rosco? — inquiriu Belle.

Mas Sharon parecia em transe.

— O que é que eu podia fazer? Levá-la de volta para a casa dela? Deixá-la ali mesmo, para a polícia local encontrar? Logo estariam atrás de mim. — Calou-se por um momento. — Coloquei-a na caçamba da picape e peguei a estrada. Se a largasse num beco escuro sobre uma cama de jornais, pareceria uma mendiga. Mas chegou um vagabundo... e viu tudo! A culpa foi dele... dele e da cadelinha...

— Onde está Rosco?

Sharon girou o corpo avantajado a fim de encará-la.

— Está encrencada, moça.

Belle emitia faíscas pelos olhos.

— Ele está na sua fazenda em Vermont?

— Quem sabe?

— Se o machucou... — Belle não terminou a sentença, porque a artesã tentou agarrá-la. Mais uma vez, conseguiu escapar.

– Alguém testemunhou a morte de Freddie, Sharon. Outro morador de rua. Ele descreveu à polícia...
– Mentira! Rosco disse que me encontrou por causa da minha picape. Ninguém viu nada! Segundo ele, dois sujeitos viram uma picape "parecida" com a minha...
– Ele é detetive particular. Acha que sai por aí contando tudo o que sabe? Rosco é muito esperto.

Sharon apertou os lábios finos num grito mudo. Revirando freneticamente a gaveta às suas costas, encontrou uma faca. Belle passou a mão no balcão atrás de si e pegou a pistola de vedação.

De faca em punho, a artesã avançava na direção de Belle. Nesse instante, a porta da frente se abriu e Effie entrou gritando:
– Não fui eu, mamãe! Juro que não!

Aproveitando o instante de distração de Sharon, Belle ergueu a pistola de vedação em amplo arco, batendo-a com força na cabeça da artesã. Sharon volveu os olhos e tombou feito uma de suas preciosas lajes de pedra.

☐☐☐

Quando entrou na cozinha, Cléo viu Belle amarrando os pulsos de Sharon com fio de telefone.
– Mas o que foi que aconteceu, Belle? – Sem aguardar resposta, exclamou: – Oh, mas o balcão ficou lindo!
– Que bom que voltaram logo – foi tudo o que Belle pensou em dizer.

CAPÍTULO 31

—**M**as você teve muita coragem! – Sara Crane Briephs elogiava Belle. – Seu noivo deve ter ficado mal pra cachorro... sem trocadilho, mas está disfarçando bem.

Naquele instante, a proa do *Akbar* embicou em uma pequena vaga oceânica, e um jato de água salgada ergueu-se da Buzzards Bay e cobriu um dos portais de boreste do camarote principal. Um prisma de luz vermelha e púrpura atravessou a ampla cabine.

– Ah, o oceano... – regozijou-se a refinada senhora. – "E o ímpeto do leme, a canção do vento, o tremular da vela branca..."

– *Febre marinha* – identificou Belle. – Também adoro esse poema de Mansfield. – Já com o vestido simples de noiva, notou uma mecha de cabelos rebelde no espelho dourado sobre uma cômoda do século 19. Quanto mais mexia nela, menos conseguia arrumá-la. Amuada, declarou: – Espero que, desta vez, Rosco se cure dos enjôos no mar de uma vez por todas.

Sara riu.

– O poder do amor, minha querida? É sua teoria? Ou seria o poder da persuasão feminina?

Belle arqueou uma sobrancelha.

— Quem me dera... Não, acho que Rosco precisa se concentrar em outra coisa que não o balanço do barco. Se o casamento não realizar essa proeza, acho que nada resolverá.

— Bom, ele me parece em ótima forma. Ninguém acreditaria que o coitado passou três dias todo amarrado em uma adega úmida na companhia de uma cadelinha apenas. — Sara suspirou. — Creio que devemos a Kit o fato de Rosco ter voltado são e salvo. Até aquela mulher horrível teve dó do filhote.

Belle continuava tentando domar a recalcitrante mecha de cabelos. Sara a olhou por cima do ombro.

— Há coisas mais importantes na vida do que um penteado, menina.

Belle voltou-se e sorriu para a gentil aristocrata.

— É uma boa amiga, Sara... e não podia ter tornado o dia do nosso casamento mais especial. Rosco e eu não sabemos como agradecer o fato de você nos ter presenteado com a cerimônia a bordo do iate do senador.

Sara dispensou os agradecimentos com uma fungadela e se acomodou em uma ampla poltrona. A lembrança do irmão sempre a perturbava.

— Hal pode até ter cedido o *Akbar* para seu casamento, Belle, mas com certeza não ajudou em nada quando procuramos desvendar as tramóias financeiras dos detestáveis irmãos Peterman.

— Ele deve ter tido seus motivos...

— Se imagina que a reticência tenha algo a ver com contribuições para suas campanhas eleitorais, encostei-o na parede e ele negou terminantemente. Meu irmão e eu nem sempre partilhamos os mesmos pontos de vista políticos, mas sei que ele é honesto e tem escrúpulos. Não, meu faro me diz que a polícia federal está investigando as atividades da Argus Enterprises. Hipótese que Hal não descartou, veja bem. Mas ele continuou fechado. Com quem ele acha que eu iria comentar?

Belle suprimiu uma risada.

– Comigo! Ou com Rosco e Al!

– Não se divirta às minhas custas, mocinha. Não é essa a questão, e você sabe disso. – Sara suspirou enfática. – O governo tornou-se mesquinho demais para atuar com eficácia. Enquanto Hal fala à boca pequena sobre investigações federais, arruaceiros destroem as janelas de Newcastle...

– Foram esses "arruaceiros" que identificaram a picape de Sharon com placa de Vermont – lembrou Belle, gentil. – Caso contrário, talvez Rosco não tivesse somado dois e dois. Agora, se a promotoria conseguir que eles testemunhem contra os Peterman...

Sara deu outra fungadela.

– Srta. Annabella Graham, a eterna otimista. – O tom enérgico abrandou-se com um sorriso exultante. O rosto aristocrático transformava-se no de uma avó. – O que é maravilhoso, moça. Espero que continue assim, sempre auspiciosa. O mundo seria um lugar horrível se o pessimismo levasse a melhor todo dia.

Bateram na porta.

– Entre – autorizou Belle.

Abe Jones abriu a porta da cabine e bateu continência.

– O capitão Lancia manda avisar que atingiremos as coordenadas designadas em exatos sete minutos. – Apreciou a noiva da cabeça aos pés e assobiou. – Uau... *Che bella cosa!* Quase convence um homem a se deixar fisgar... Quase. – Exibiu mãos instáveis. – Tremo só de pensar em casório. Isso não é contagioso, é? – Finalmente, reparando em Sara, cumprimentou sem jeito: – Boa tarde, sra. Briephs.

Sara retribuiu graciosamente.

– Prazer em revê-lo, sr. Jones. Como é que vai o noivo?

– Não poderia estar melhor. Diz ele que nunca se sentiu tão bem. Gostaria de poder dizer a mesma coisa a respeito do padrinho...

– Ora, não sabia que nosso caro Albert sofria do *mal de mer* – lamentou Sara.

– Não, não é esse o problema. – Jones olhou para Belle e pigarreou. – É que... parece que Al e Rosco se atrapalharam na joalheria e... acabaram esquecendo as alianças lá. Deram-se conta disso só agora. Eles acham que não dá mais tempo de ir buscar, mas me pediram para falar com você...

Belle riu e trocou um olhar com Sara.

– Só fiquei esperando para ver quando um dos dois se lembraria do detalhe. – Abriu a bolsa e tirou duas caixinhas de veludo. – O vendedor da Hudson me telefonou hoje cedo. Estão aqui. – Entregou as jóias a Abe. – Peça-lhes que tomem cuidado para não deixar cair no mar.

Jones bateu continência novamente.

– Sim, senhora! – Já ia se retirar, mas Sara o deteve.

– Sr. Jones, não sei se já lhe agradeceram de maneira adequada seu empenho nesse caso. – Plantada na frente do médico-legista, procurou ficar o mais ereta possível. – Não estaríamos tendo este dia maravilhoso sem a sua dedicação.

– Obrigado. É muita gentileza, sra. Briephs. Só lamento

não ter descoberto algumas coisas antes, como o fato de a lama ser de Vermont e o de que foi uma picape que os dois salafrários viram no beco na noite de quinta-feira. Sharon tinha a caçamba carregada de lajes de mármore, mais o cadáver da mulher; tanto peso fez os pneus deixarem marcas semelhantes às de uma caminhonete. A suposição errônea nos atrasou em um ou dois dias. É claro que Rosco também não devia ter viajado para Vermont sem avisar ninguém...

— Nem perdido tempo investigando o débil mental do Gus — intercalou Sara.

— Só que, sem Gus e suas palavras cruzadas, a investigação não teria levado em conta o vandalismo contra o albergue, estabelecendo a relação entre os dois homicídios — considerou Abe.

Belle abriu seu melhor sorriso de noiva.

— "Tudo está bem quando acaba bem!"

— Espero que a experiência lhe tenha incutido um mínimo de ceticismo, mocinha — advertiu Sara. — O mundo está cheio de birutas como Zachary Taylor.

Belle ia protestar, mas sentiram as máquinas do *Akbar* reduzirem a rotação, e o quarteto de cordas na popa interrompeu de repente sua execução do Opus 51, de Brahms.

— Acho que chegamos — concluiu Abe, nervoso. — É melhor levar as alianças para *Albert*. — Olhou para a noiva. — Sabe o que fazer?

— Relaxe, Abe, vai dar tudo certo.

— Sendo assim... *buona fortuna!*

Sara levantou-se, enquanto o legista apressava-se pela porta.

— Parece que o charme do capitão Lancia contagiou todo mundo. Agora, querida, quer que eu vá na frente ou junto com você?

— Gostaria que viesse comigo, Sara. Vai entregar a noiva, lembra-se?

A idosa senhora fez uma breve pausa.

— Que pena que seu pai não pôde vir.

— Tenho você.

Os olhos azuis de Sara encheram-se de lágrimas. Finalmente, desabafou:

— Meu filho Thompson teria gostado de saber da nossa amizade...

Belle enlaçou o braço de Sara, e o quarteto começou a tocar "Un Bel Di", de *Madame Butterfly,* de Puccini.

— Acho que é o nosso sinal.

Deixaram o camarote, atravessaram o salão principal e saíram ao sol brilhante de maio. Rosco aguardava na popa com Lever, Jones e cerca de trinta convidados e familiares, incluindo a sobrinha Effie, quase a levitar de entusiasmo e alegria no vestido de organza cor-de-rosa e sapatinhos brancos.

Belle começou a percorrer o corredor improvisado. Deitada, junto ao pé esquerdo de Rosco, a pequena Kit cochilava, totalmente alheia ao fato de que aquele era um dia muito diferente dos outros em sua vidinha canina.

RESPOSTAS

Resposta página 79

		E	H		R	P		
	E	S	E		P	I	A	M
	S	P	A	S		O	D	R	E
A	F	I	R	M	A		R	A	N
	E	A	T			T	E	S	T_E
	R		B	A	C	O	N		S
	A	E	R		A	C	O	R	D_E
		L	E	E		A	S	P	S
O	L	E	A	D	O		S		C
	I		K	S		C	O	L	O_N
A	N	C	H	O	V	A		A	F
	G		O	N		A	B	R	I_A
S	U	E	T		B		L		D
C	A	B	E	Ç	A	D	U	R	A
		A	L	U	G	U	E	I	S

242

Resposta página 92

		J					
	A		A	C	A	R	O		T
A	T	I	R	A		O	V	E	R
	R		D	S		S	E	L	A
	A	C	I/M	A	D	A	L	E	I
E	Ç	A		M	U	S	H		L
	A	O		E		D	O	S	E
P	O	L	E	N		E	E		R
	F		D/I	T	O	S	O	S	
R	A	P	T	O		A	M	E	M
	T	O		G		N	A	N	A
C	A	S	A	R		G	R		T
	L	T		E	M	U		N	A
		E	N	G	R	E	N	A	D/O
B	E	R	R	O			C	O	R

243

Resposta página 139

		D	A				C	
	R	O	S	C	O		A	O
	I	N	S	U	C	E	S	S	O
	S	A	O		O		S	A	C
	A	S	P	A		Q	A		O
	D		R	E	C	U	S	A	R
V	I	D	A		L	I	S		V
	N	A	R	C	O	T	I	C	O
	H			R	A	N	I	
	A	S	T	R	O	N	A	V	E
		I	D	O		D	T		N
	M	G		B		E	O		G
	A	L	G	A	R	I	S	M	O
	T	A	Y	L	O	R		I	D
	A	S		O	R	A	Ç	A	O

Resposta página 170

	C			H		
F	R	A	M	B	O	E	S	A
R	A	E	D		A	M	U	A	R
	M	O	N	T	R	E	A	L	
V	I	L			M		A	M
	L	I	N	H	A	D	U	R	A
	I	N	D	E	F	E	R	I	R
	A	A		L	ᴵM	A		A	A
	D		M	E		Ç		L	T
	O	P	I	N	I	A	O		O
	H		L	I		O	T	A	N
I	O	N		C	S			S	I
	M	O	T	O	C	R	O	S	S
T	E	S	E		O	E		E	T
	M			ᴺO	T	I	C	I	A

245

Resposta página 207

NERO BLANC

Títulos publicados:

CRIMES CRUZADOS

O editor de palavras cruzadas Thompsom Briephs está morto. Crime ou suicídio? O detetive particular Rosco Polycrates é contratado para desvendar esse mistério com a ajuda da bela e inteligente Belle Graham. Palavras cruzadas deixadas pela vítima são as únicas pistas para se encontrar a verdade.

VIDA ROUBADA

O esqueleto de uma jovem é encontrado nas escavações da construção de uma mansão. A descoberta tira o sossego dos moradores de Tanneysville. Que segredos guarda essa antiquada comunidade? Belle e Rosco entram no caso, em que a verdade só as palavras cruzadas podem desvendar.

RECEITA PARA A MORTE

O detetive Rosco Polycrates e Belle Graham estão juntos em 5 histórias repletas de mistério, humor e muitas palavras cruzadas. Investigar uma casa mal-assombrada e decifrar uma receita culinária que pode desvendar um assassinato são algumas das tramas que o casal vai ter de enfrentar.

PIRATAS, TESOUROS E CANIBAIS

Quando palavras cruzadas estão envolvidas Belle e Rosco são os mais indicados para decifrá-las. Em mais 5 histórias empolgantes, eles se encontram às voltas com tesouros perdidos, heranças de família e muitos mistérios.

Você encontra os livros da coleção Nero Blanc nas livrarias ou, se preferir, pode adquiri-los pelos telefones: **São Paulo (0XX11) 4081-2181 Outras localidades 0800-7072122.**

Este livro foi composto em American Garamond e impresso
pela Gráfica Alaúde sobre papel Offset 75g da Ripasa.
Foram produzidos 5.000 exemplares para a Ediouro em fevereiro de 2005.